青少年探索文库
QingShaoNianTanSuoWenKu

U0669776

中国经典寓言

张 潜 编

吉林人民出版社

图书在版编目（ＣＩＰ）数据

中国经典寓言 / 张潜编. — 长春：吉林人民出版
社，2010.10（2021.3重印）

（青少年探索文库）

ISBN 978-7-206-07070-9

Ⅰ.①中… Ⅱ.①张… Ⅲ.①寓言—作品集—中国
Ⅳ.①I277.4

中国版本图书馆CIP数据核字(2010)第192095号

中国经典寓言

编　者:张　潜

责任编辑:王　斌

吉林人民出版社出版（长春市人民大街 7548 号　邮政编码:130022）

印　刷:三河市燕春印务有限公司

开　本:700mm×970mm　　1/16

印　张:13　　　　　字数:110 千字

标准书号:ISBN 978-7-206-07070-9

版　次:2010 年 10 月第 1 版　　印　次:2021 年 3 月第 2 次印刷

定　价:39.00 元

如发现印装质量问题,影响阅读,请与印刷厂联系调换。

目 录

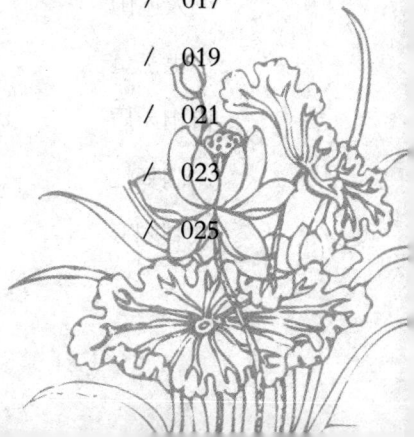

002

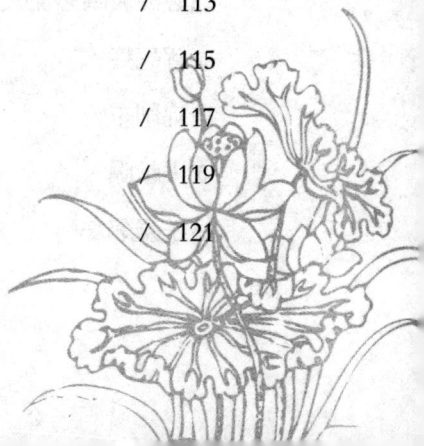

003

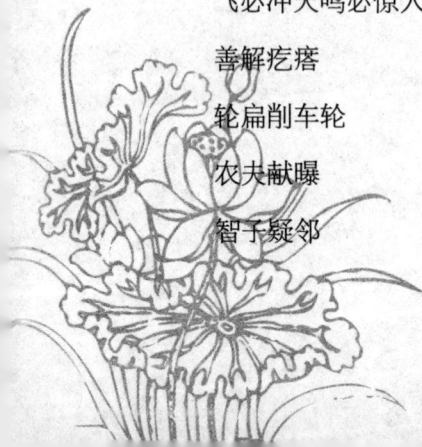

004

目 录

005

井底之蛙

  一口荒废的水井里栖息着一只青蛙。一天，青蛙在井边碰上一只来自东海的乌龟。青蛙看到乌龟，就开始得意的炫耀自己的处境："你看我多么的快乐自在啊！我从井栏上蹦进浅井，可以在井壁的缝隙里小憩；在井水里游耍，水面就托住我的胳肢和下巴；在软绵绵的泥地上漫步，淤泥就漫过脚背。看看周围的红虫、小螃蟹，它们谁也不能比我自由自在。这样一井的水和井边的勾栏都只有我一个人享受，你不下来和我一起享受一下么？"

  乌龟听了怦然心动，禁不住诱惑，走到井边往下瞧。这时候乌龟的腿被井栏绊住了，无法再向前走。乌龟进退不得，迟疑了一会儿，只得作罢。但是就算如此，乌龟也领教了青蛙所谓的"乐土"究竟是什么样的。他忍不住向青蛙介绍了一下东

海的景象："我所生活的大海，其辽阔程度是千里也不足以形容的；其深度以万尺也不会触到海底。在大禹的时代，10年中有9年洪水泛滥，海面也没见因此而上涨；商汤的时代，8年中有7年天下大旱，海水也没见有所下降。大海可以不受旱涝影响而涨落，它稳重而深邃，广阔无垠，这也就是我在东海里遨游的乐趣所在。"

青蛙听说了如此壮丽广大的存在，惊呆了，他完全想象不出一个无边无际的环境是什么样子的，于是他羞愧地低下了头。

和 氏 璧

003

　　楚国人和氏有一次在山中发现一块内含璞玉的石头。他把
这块石头拿去奉献给厉王。厉王不知道这块石头里是否含有宝
玉，所以把玉匠召来进行鉴定。那匠人鉴定过后对厉王说：
"这只是一块普通的石头。"厉王听了这话勃然大怒，他大声喝
道："好一个胆大包天的贱民，你竟敢以乱石充玉欺骗我！"
紧接着他命令刀斧手砍掉了和氏的左脚。和氏忍痛含冤离去。

　　厉王死了以后，武王继位。和氏又带着那块石头进宫去献
武王。武王也找了玉匠鉴定。玉匠仍然说它是一块普通的石
头。和氏因此又惨遭与第一次献玉相同的遭遇，被武王命人砍
掉了右脚。

　　武王死了以后，文王继位。和氏来到山脚下，抱着那块璞
玉痛哭起来。一连三天三夜，和氏把泪水哭干了，甚至眼里流

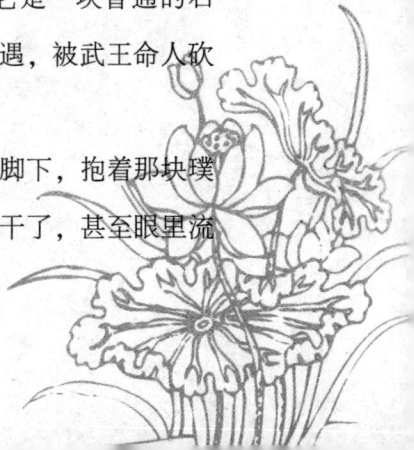

出了血。附近的村民和过路的行人见此情景都很同情和氏的情境。这件事很快被文王知道了，于是他派人察看情况。那差官见了和氏以后问道："天下受砍脚之刑的人很多，为什么唯独你长期悲痛不已呢？"和氏回答说："我并不是因为脚被砍断才这样悲痛，我痛心的是一块宝玉被人说成是普通的石头；一个忠心耿耿的人被说成是骗子。"

文王听了差官的汇报以后，觉得有验证和氏的"石中有玉"之说的必要，所以令玉匠用凿子把石头表面敲掉。果然像和氏所说的那样，里面露出了宝玉。文王又命玉匠把玉石雕琢成璧，并给它起了个名字，叫"和氏璧"，用以昭示和氏的胆识与忠贞。

这一故事的主人翁和氏，是一个有才干、有忠心的人。他在两次献璞都遭受砍脚冤刑以后，仍在楚山下大哭三日以鸣其冤，体现了他为坚持真理把生死置之度外的顽强精神，他的忠诚和执著实在是令人感动。

东郭先生和狼

有一个墨家的书生叫东郭先生，一次他骑着一头驴、背着一袋书准备去当时的中山国做官。正在野外行走的时候，突然一只狼蹿到了他面前，哀求道："先生，一个猎人正在追赶我，我现在有性命之忧。能不能让我躲进袋子里权且保住性命，他日必报答你的救命之恩！"

东郭先生答道："我知道你们狼总是为害一方，吃牲畜、伤人命，所以猎人要抓住严惩你。但是我们墨家主张兼爱、非攻、和善待人，所以，我还是会选择救你一命，让你避过今日之祸。"于是便把书袋倒空，让狼藏了进去。

很快猎人便赶来了，看到东郭先生之后问道："请问先生，有没有看到一只逃命的狼？"

东郭先生答道："我从这条路一直走来，从没有看到什么

狼。"

猎人说："先生，正所谓'非我族类，其心必异'，狼对于人来说总是十分危险的东西，先生如果遇到了狼，一定要警惕这种狼心狗肺的畜生。"说完猎人向另一个方向追去。

狼在书袋里听得猎人远去之后，就央求东郭先生说："求求先生，把我放出去让我走吧。"于是东郭先生便松开口袋，放狼出来。

狼出来后，突然对东郭先生吼叫道："先生从猎人手上救了我一命，但是现在我饿极了，如果不吃东西也肯定饿死。你就再做一次好事，让我吃掉你吧。"说着，狼就张牙舞爪地扑向东郭先生。

东郭先生大惊，无奈之下，只得对狼说："中山国有一个民俗，每当遇到需要决断的事情必须询问三个老人家才能作出决定。我们往前走，遇到三个老者问问，如果都说我该被吃，那我也没什么怨言了。"狼听后很高兴，就和东郭先生一起往前走。

走着走着遇到了一棵老树，东郭先生上前讲述了自己的遭遇。

老树说："我是一棵杏树。我的主人只用一颗果核种下了我，多少年过去了，主人一家都吃我的果实，还采摘我的果实去市场上卖，我为主人做出了很多。但是现在我老了，结不出果实了，于是主人就要把我砍掉当做柴火。唉，我为主人做了

这么多，主人依然要砍掉我，你才对狼有多少恩情，狼又怎么吃不得你？"

狼听后就扑上来要吃了东郭先生，东郭先生大叫："你失约了！不是说询问了三个老人家么？现在只是一棵杏树而已！"于是狼继续和东郭先生走下去。

一会儿，看到了一头老牛，于是东郭先生上前讲述自己的遭遇。老牛听后说："我年轻的时候，身体非常强健，一个老农用一把刀换来了我，让我替他耕地。多年来，我不知帮老农耕了多少田地，老农一家的衣食都是我为他创造的。但是现在我老了，骨瘦如柴，早已经干不动活了。但是老农还要杀了我吃我的肉，扒我的皮。我为他做了这么多，可是他到最后却这么无情无意。你才对狼有多少恩情，狼吃你有何不可？！"

狼听后又想吃东郭先生，东郭先生大叫："不要这么着急啊！"

这时候，一个老人拄着木杖迎面而来。东郭先生大喜，赶紧上前说起自己的遭遇。

老人听说后对狼说："你错了！常言道，勿以善小而不为，勿以恶小而为之。东郭先生对你的恩情就算再小，那也是恩情。你这么做就是忘恩负义！"

狼答道："老人家只知其一，不知其二。东郭先生救我的时候绑住了我的四肢，把我困在一个小小的袋子里。这明明就是想杀死我好独占利益。"

老人家说："说是这样，但是我不信你这么大一头狼可以钻到这么小的袋子里。除非你现在再进去证明给我看，否则我怎么都不会相信你的。"

于是狼很高兴地又钻进袋子里，随即老人把袋子口封住，和东郭先生一起把狼杀死了。

狼死了之后，老人对东郭先生说："一个野兽忘恩负义到如此地步，还和他讲什么道理？你的仁义固然令人称道，但是和野兽也讲仁义就显得愚蠢了。和树讲恩，和牛论义，这不是白费力气么？仁义到了盲目的地步，这不是君子所为。"东郭先生鞠躬受教。

伤 仲 永

从前有一个叫做金溪的地方，这是一个山清水秀的小山村。小山村中有一户平淡无奇的方姓农户，祖祖辈辈都在此种地，没有一个读过书受过教育。方仲永就出生在这样一个家庭之中。

方仲永到 5 岁的时候，还没有见过笔墨纸砚。但是有一天他却突然哭着向家里人要笔墨。方仲永的父亲感到很惊讶，于是借来邻居的笔墨纸砚给他。神奇的是，方仲永提笔即写出一首一挥而就四言绝句，并且还亲自为诗立题。诗里主要以赡养父母团结亲属为主要思想。

乡里几个秀才知道这件事之后跑来看，都认为虽然诗浅显易懂，但是对于一个 5 岁并且没上过一天学的小孩来说，已经是罕见的神童了。于是乎这件事飞快的传开了，听说了的人无

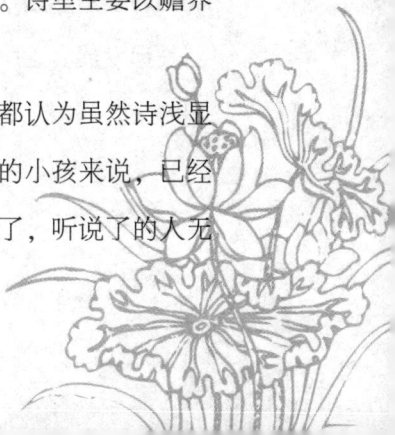

不感到很神奇。

从此以后，方仲永陆陆续续又创作了一些诗作，内容雅致深刻，文采绚丽，所作皆为众人所欣赏。

正所谓一人得道，鸡犬升天。乡里的一些财主和名士在了解方仲永的天才之后，对方父也开始尊重起来。有的邀请方仲永的父亲去家里做客，有的赠给方父一些钱财。久而久之，方父认为这样有利可图，于是每天都让方仲永拜访一些乡绅、名流，作诗来取悦这些人以博得对方的欣赏和资助。

常言道："天才是由 99% 的汗水和 1% 的天赋得来的。"具有天赋的方仲永却忽略了后天的学习，久而久之也显出了才力不济，以致每况愈下。到了十二三岁的时候，他的诗作没有一点进步反而比 5 岁时也大为逊色，已经有一些勤奋学习的孩子在作诗上可以和他分庭抗礼。等到 20 岁时，他在天赋和才华上已经和普通人没什么区别了。

这个故事告诉我们两个道理。第一，只是依靠天赋而忽略后天的学习是注定不会成功的。所谓的天才，大部分因素都是后天的勤奋学习和积累。第二，只看到眼前蝇头小利，却忽视长远的收获，这种行为是不够聪明的。凡事都要有远见，要看到长远发展。正所谓站得高看得远，首先就要把自己的眼光放到将来。

郑人买履

郑国有一个人，眼看着自己脚上的鞋子从鞋帮到鞋底都已破旧，于是准备到集市上去买一双新的。

这个人去集市之前，在家先用一根小绳量好了自己脚的长短尺寸，随手将小绳放在座位上，起身就出门了。

一路上，他紧走慢走，走了一二十里地才来到集市。集市上热闹极了，人群熙熙攘攘，各种各样的小商品摆满了柜台。这个郑国人径直走到鞋铺前，里面有各式各样的鞋子。

郑国人让掌柜的拿了几双鞋，他左挑右选，最后选中了一双自己觉得满意的鞋子。他正准备掏出小绳，用事先量好的尺码来比一比新鞋的大小，忽然想起小绳被搁在家里忘记带来。于是他放下鞋子赶紧回家去。

他急急忙忙地返回家中，拿了小绳又急急忙忙赶往集市。

尽管他快跑慢跑，还是花了差不多两个时辰。等他到了集市，太阳快下山了，集市上的小贩都收了摊，大多数店铺已经关门。他来到鞋铺，鞋铺也打烊了。他鞋没买成，低头瞧瞧自己脚上，原先那个鞋窟窿现在更大了。他十分沮丧。

有几个人围过来，知道情况后问他："买鞋时为什么不用你的脚去穿一下，试试鞋的大小呢？"他回答说："那可不成，量的尺码才可靠，我的脚是不可靠的。我宁可相信尺码，也不相信自己的脚。"

这个人的脑瓜子真像榆木疙瘩一样死板。而那些不尊重客观实际，自以为是的人不也像这个揣着鞋尺码去替自己买鞋的人一样愚蠢可笑吗？

新裤与旧裤

郑县一个姓卜的人，有一个愚不可及的妻子。这个蠢妻子常常做出一些叫人哭笑不得的事。

有一次，这个姓卜的人要出门，觉得没什么像样的衣服，于是对妻子说："给我做条裤子，好吗？"

妻子说："可以。但是，你要做什么样的裤子呢？"

丈夫说："就做跟原来那条旧裤一样的吧。"

妻子按丈夫的吩咐，找出那条又旧又破又脏的裤子。她先是按旧裤子原来的那种面料、花纹到集市上去买布。因为毕竟隔了几年时间，所以她在集市上怎么也找不到和旧裤的面料一模一样的布。因此这个愚妻非常焦急，她想："如果找不到像旧裤那样的布，我怎么能做出像旧裤那样的裤子来呢？"她四邻八乡逢人便问，到处去找做旧裤时用的那种布料。

愚妻诚心"可嘉"，她花了不少时间，终于买到了她找的那种布，布上的花纹跟旧裤的花纹一模一样。

回家以后，她对着旧裤比划着裁剪，把长的地方剪短，把宽的地方剪窄。就这样，她依样画葫芦，花了几天时间，好不容易将新裤子缝起来了，高兴得手舞足蹈。

可是，她仔细一想，又犯起愁来了。她发现新裤与旧裤还是不一样。旧裤又脏又破，到处是大洞小眼的，新裤哪里像旧裤呢？这个愚妻拿起新裤看着，绞尽脑汁地想呀想呀，终于想出一个好办法。她把新裤放在地上揉呀、搓呀、捶呀、踩呀，累得筋疲力尽，终于把新裤弄得跟旧裤一样又脏又破。

当她十分得意地将做好的"新裤"拿给丈夫看时，丈夫目瞪口呆，半晌说不出话来。最后，这个男人指着愚妻手上拿着的破裤子，气愤地吼道："既然还是一条破裤子，那我不如就穿原来的，何必还要你做新的呢！"

这个愚蠢的妻子对旧裤全盘照搬，结果弄巧成拙，自己害自己。

浴屎避 "鬼"

　　燕国人李季有一妻一妾，却不知道怜惜她们。李季常常让妻妾在家守着空帷，自己却独自远出、云游四方。时间一久，他的妻子和一个男人私通起来，妾也卷进了这桩桃色旋涡。

　　有一天，李季突然从外地归来。当时他的妻妾正在屋里与那个男人寻欢作乐。她们听到李季敲门的声音都吓了一跳。李季的妻子害怕事情败露后丈夫不会饶恕自己，急得一时不知如何是好。

　　李季的妾心想自己本来只是一个贱配，因此不像李季的妻子那样顾虑重重。她在一旁给李季的妻子出主意说："等一会儿我们把门打开时，就让这个公子赤身裸体、披头散发地冲出去。自家的男人要是问起这件事来，我们就说什么都没有看见。"

那个到李季家通奸的男人照着这话做了。他光着身子从李季的卧室中冲出去，与李季迎面相遇、擦肩而过。

李季被这突如其来的举动搞懵了。大白天怎么会突然冒出这么一个一丝不挂、不知羞耻的人呢？李季急忙进屋里去问妻妾："这到底是怎么一回事，哪来的这么一个不穿衣服的男人？"

他的妻妾异口同声地说："我们怎么什么都没有看见呀！"

李季说："假使你们刚才真的都没有看见那个男人，莫非是我碰见鬼了吧？"

她的妻子随声附和地说："如果你刚才真的看到了一个光身子的男人是从这间屋子跑出去的，那么这个人肯定是鬼。"

李季相信了那个光身子的男人是鬼的说法以后，心里顿时惶恐不安起来。他对自己的妻妾说："我碰到了鬼该怎么办呢？"

她的妻子说："你快去把牛、羊、猪、鸡、狗的粪便收集起来，用这五牲的屎尿洗一洗身子就可以避鬼去邪、求得平安了。"

李季说："这个办法很好！"于是，他真的在五牲的屎尿堆里洗起澡来了。

这个故事告诉我们，在一个相信虚妄形象的人眼里，客观存在的真实性将被扭曲和否定。由此看来，现实生活中之所以有人们解释不清的各种笑话，恐怕都与忘记了科学的基本原理、盲目迷信某些偶象有关。

膳吏辩诬

晋文公在位的时候，曾遇到过一起发生在自己身边的陷害案。

某日，一个侍从在御膳间端了一盘烤肉，恭恭敬敬地送到晋文公面前请其就餐。晋文公拿起餐刀正准备切肉尝鲜，忽然发现肉上粘着不少头发。他立即放下手中的小刀，命人去找膳吏。

那个膳吏看到传召的侍从脸色不好，一路上不停地捉摸这次晋王召见的原因：究竟是刚送去的烤肉火候不够，还是烧烤时用料不当，口味欠佳呢？他哪知道一见晋文公就遭到一阵责骂。

晋王气势汹汹地说道："你是存心想噎死我吗？为什么在烤肉上放这么多头发？"

　　膳吏一听，原来发生了一件自己没有料到的祸事。虽然他明知道这件事里面有鬼，但在君王的气头上是不能辩白的。否则如果把握不好，很容易招致横祸。因此，膳吏急忙跪拜叩头，口中却似是而非、旁敲侧击地说道："请君王息怒，奴才真是该死。烤肉上缠着头发，我有三条罪责。我用最好的磨石把刀磨得比剑还锋利，它能切肉如泥，可就是切不断毛发，这是我的第一大罪过。我在用木棍去穿肉块的时候，竟然没有发现肉上有一根毛发，这是我的第二大罪过。我守着炭火通红、烈焰炙人的炉子把肉烤得油光可鉴、吱吱有声、香味扑鼻，然而就是烤不焦、烧不掉肉上的毛发，这是我的第三大罪过。不过我还想补充一句，您是一位明察秋毫的贤明君主，您能不能把堂下的臣仆观察一遍，看看其中是否有恨我的人呢？"

　　晋文公觉得膳吏所言话外有音，所以对案情产生了一点怀疑。他立即召集属下进行追问，结果不出膳吏所料，真的找出了那个想陷害膳吏的坏人。晋文公下令杀了那个人。

　　这篇寓言告诉人们，客观世界里充满了矛盾。我们只有掌握了科学的思维方法，才能在错综复杂的矛盾面前立于不败之地。

新 媳 妇

　　卫国有户人家娶媳妇。婆家借来两匹马，加上自己家里的一匹，用三匹马驾着车，吹吹打打、热热闹闹、十分隆重地去迎接新娘子。

　　到了新娘家，迎亲的人将新娘子搀上马车。一行人告别新媳妇的娘家人之后，就赶着马车往回走。

　　不料，坐在车上的新娘指着走在两边拉车的马问赶车的仆人说："边上的两匹马是谁家的？"

　　驾车人回答说："是向别人家借来的。"

　　新娘又指着中间的马问："这中间的马呢？"驾车人回答说："是你婆家自己的。"

　　新娘接着便说："你若嫌车走得慢，要打就打两边的马，不要打中间的马。"驾车人有些奇怪地看了看这位新媳妇。

迎亲的马车继续前进，终于到了新郎家。伴娘赶紧上前将新娘扶下了车。新媳妇却对还不熟悉的伴娘吩咐说："你平时在家做饭时，要记住一做完饭就要把灶膛里的火熄掉，不然的话会失火的。"那位伴娘虽然碍着面子点了点头，心里却有点不高兴这个新媳妇的多嘴。

新媳妇进得家门，看到一个石臼放在堂前，于是立即吩咐旁边的人说："快把这个石臼移到屋外的窗户下面去，放在这里妨碍别人走路。"婆家的人听了这个新娘子没有分寸又讲得不是时候的话，都不免在心里暗暗发笑，认为新娘子未免太爱讲话又太不会见机讲话了。

其实，这新媳妇所说的三件事，对婆家来说都是有好处的。可是她刚踏进婆家门就俨然以主妇自居、多嘴多舌的做法却引起了旁人的反感。

通过这个故事，我们可以体会到，一个人说话、办事，要有理有利有节，讲究策略和方式。如果不顾时机、不分场合，即使是好话、好事，也不仅得不到应有的重视，往往还会被别人笑话。其结果，一个本来智慧的人，反而被别人当成了傻瓜，以至于他以后的事情就难办得多了。

南 辕 北 辙

　　从前有一个人，从魏国到楚国去。他带上很多的盘缠，雇了上好的车，驾上骏马，请了驾车技术精湛的车夫，就上路了。楚国在魏国的南面，可这个人竟然让驾车人赶着马车一直向北走去。

　　路上有人问他的车是要往哪儿去，他大声回答说："去楚国！"

　　路人告诉他说："到楚国去应往南方走，你这是在往北走，方向不对。"

　　那人满不在乎地说："没关系，我的马快着呢！"

　　路人替他着急，拉住他的马，阻止他说："方向错了，你的马再快，也到不了楚国呀！"

　　那人依然毫不醒悟地说："不打紧，我带的路费多着呢！"

路人极力劝阻他说："虽说你路费多，可是你走的不是那个方向，你路费多也只能白花呀！"

那个一心只想着要到楚国去的人有些不耐烦地说："这有什么难的，我的车夫赶车的本领高着呢！"

路人无奈，只好松开了拉住车把子的手，眼睁睁看着那个盲目上路的魏人走了。

那个魏国人，不听别人的指点劝告，仗着自己的马快、钱多、车夫好等优越条件，朝着相反方向一意孤行。那么，他条件越好，他就只会离要去的地方越远，因为他的大方向错了。

寓言告诉我们，无论做什么事，都要首先看准方向，才能充分发挥自己的有利条件；如果方向错了，那么有利条件只会起到相反的作用。

锟铻剑与火浣布

023

　　周穆王决定用武力去征讨西部少数民族统治的西戎。西戎首领自知难以抵御这一来势汹汹的进攻，为了讨好周穆王，平息战祸，献上了稀世之宝锟铻剑和火浣布作为贡品。

　　这锟铻剑是用锟铻山所产的纯钢，经反复锻造而成。剑长1尺8寸，剑刃放射红光，锋利无比，用它来切削玉石，就像切削泥土一样，毫不费力。

　　那火浣布更是奇特，用这种布料缝制的衣袍如果穿脏了，洗涤时不必用水，只需投进熊熊燃烧的大火中去就行。在火中，火浣布变成了火红色，而那些脏处则还原成布的本色。将布袍从火中取出一抖，整件布袍就洁白如雪，十分靓丽。

　　贡品送进王宫后，人人称奇，赞叹不已。可是，皇太子却不以为然，他认为世间根本不可能有削铁如泥的宝剑和不怕火

烧的布袍，凡是说这种话的人都是虚妄的，他们靠传播假话骗人。

有位叫萧叔的大臣在见过这两件宝物后说："皇太子过于自信和武断，他的结论有些蛮不讲理。"

其实，皇太子对他所不知道的稀有之物，采取不予承认的态度，是浅薄无知的表现。随着科学技术的日新月异，人们的认知视野将会越来越广阔，许多原来被判为匪夷所思的事物将层出不穷地进入我们的日常生活，我们可不能像周朝的皇太子那样武断地下结论，盲目地加以排斥啊！

愚人得燕石

　　宋国有一个愚蠢的人，在山东临淄附近捡到一块颜色像玉的石头，其实这不过是一块普通的燕石。由于这个人没有见识，他惊喜得不得了，以为捡到了值钱的宝贝。他双手捧着这块燕石，一会儿把它贴在脸上，一会儿用手小心地抚摸。回到家里以后，还一个劲地盯着燕石看了又看，舍不得放手。

　　晚上，这个人要睡觉了，只好把石头放进柜中。他刚躺下一会儿，觉得心里很不踏实，于是起身从柜中取出"宝贝"，把它放在枕头下，这才安心地睡去。可是他睡着以后，迷迷糊糊在梦中发觉有人偷走了枕头下的"宝贝"，于是他又从梦中惊醒了。他翻开枕头一看，那"宝贝"在枕头下面安然无恙。可是这个人依然不放心，于是又将石头紧紧握在手中钻进被子里，将石头捂在胸前，这才睡着。就这样折腾了一夜，他好不

容易熬到天亮。

这个人想，总是将宝贝握在手里也不是个办法。于是他请来工匠，用上好的牛皮做了一只装燕石的箱子。这皮箱共有10层牛皮。愚蠢的燕人先用10层上好的丝绸将石头仔细包裹好，然后小心翼翼地把它放进皮箱里收藏起来。这样，他才满意了。

过了些日子，外地有一个客人听说这个人得了至宝，特地找到他家里请求观赏一下宝石。于是这个宋国人在虔诚地斋戒7日之后，穿上端庄的礼服，又举行了隆重的祭祀，这才当着客人的面，十分郑重地打开一层又一层皮革做的箱子，解开一层又一层丝绸巾系成的包裹。那个外地客人这才好不容易地看到了这个宋国蠢人所谓的"宝石"，禁不住捂着嘴"嗤"地一声笑起来，竟笑得前仰后合。宋国人大惑不解，瞪着一双傻呆呆的眼睛望着客人问："你为什么如此发笑？"

这位客人止了笑，认真地对他说："这只不过是一块燕石，和普通的砖头瓦片没多大区别。"

宋人听了大怒。他指着客人说："胡说！你这是商人口中说出的话；你安的是骗子的心！"

那个外地客受辱后扫兴地走了。而这个宋国的蠢人则把这块燕石更加严密地藏起来，更加倍小心地守护着它。

看起来，一个人缺少知识并不可怕，怕的是像那个把燕石当成宝玉的宋国人一样，既孤陋寡闻，又不懂装懂，听不进别人的忠告，做了蠢事还自以为妙。

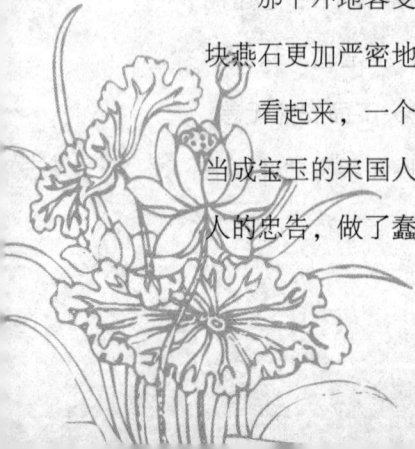

歧路亡羊

027

　　有一天，杨子的邻居在牧羊的归途中，遇到了迎面急驰而来的一行车马，羊群因受惊吓而四散。等车马过后，那人把羊唤拢，急忙赶回家。他仔细清点以后发现丢失了一只羊，于是立即召集全家老小，并邀请杨子的童仆一起去寻羊。杨子在一旁不以为然地说："咳，才丢一只羊，何必兴师动众，派这么多的人去找？"邻人说："山野、田间岔路多，人少了分派不过来。"杨子觉得这话有理，没有再往下说。他目送着这一行人出了村口。

　　那邻人带领大家先沿赶羊回家时经过的大路走，一遇到岔路就派一个人沿岔路去搜寻。没过多久，他带去的人被分派完毕，剩下那邻人只身走大路。可是没走多远，前面又出现了岔路。他站在岔路口左右为难。焦急中任选了一条前去的路径。

走着走着，只见前面又有岔路。那邻人无可奈何。他看到天色已近黄昏，只好往回走。沿途碰到其他的寻羊人也说自己遇到过同样的困难。

正在家吃晚饭的杨子忽听见外面有嘈杂的说话声，知道是找羊的人回来了。他走出门去问那邻人："找到羊了吗？"邻人答道："跑丢了。"杨子说："你带了这么多的人去找，怎么还找不到呢？"邻人说："我知道大路边有岔路，所以找羊时多带了几个人。可是没想到岔路上还有岔路。在只剩一个人面对岔路的时候，真令人感到不知所措。"

杨子听了邻人说的这番话，有些闷闷不乐。他眉头紧锁、脸色灰暗、一言不发。那一天大家再也没有见到他露出一丝笑容。杨子的门徒都觉得有点奇怪，因此不解地问："羊并不是什么值钱的牲畜，而且又不是先生的，您这样闷闷不乐，究竟是为什么呢？"杨子说："我并不是惋惜丢了一只羊。我是从这件事联想到探求真理也与这些歧路亡羊一样，如果迷失了方向，也会无功而返啊。"

这则寓言告诉人们：在研究一门学问时，要把握方向，注重领会其实质，而不要被各种表象所迷惑。

敧器的启示

孔子带着学生到鲁桓公的祠庙里参观的时候，看到了一个可用来装水的器皿，形体倾斜地放在祠庙里。在那时候把这种倾斜的器皿叫敧器。

孔子便向守庙的人问道："请告诉我，这是什么器皿呢？"

守庙的人告诉他："这是敧器，是放在座位右边，用来警戒自己，如'座右铭'一般用来伴坐的器皿。"

孔子说："我听说这种用来装水的伴坐的器皿，在没有装水或装水少时就会歪倒；水装得适中，不多不少的时候就会是端正的。里面的水装得过多或装满了，它也会翻倒。"

说着，孔子回过头来对他的学生们说："你们往里面倒水试试看吧！"

学生们听后舀来了水，一个个慢慢地向这个器皿里灌水。

果然，当水装得适中的时候，这个器皿就端端正正地在那里。不一会，水灌满了，它就翻倒了，里面的水流了出来。再过了一会儿，器皿里的水流尽了，它就倾斜了，又像原来一样歪斜在那里。

这时候，孔子长长地叹了一口气说道："唉！世界上哪里会有太满而不倾覆翻倒的事物啊！"

这篇故事的寓意是借用敬器装满水就倾覆翻倒的现象来说明，骄傲自满往往向它的对立面——空虚转化。从而告诉人们要谦虚谨慎，不要骄傲自满，凡骄傲自满的人，没有不失败的。

其 父 善 游

　　一天，在一条宽阔的江边，一个汉子抱着一个婴儿，正要把他抛到江里去。婴儿大声哭着、叫着，吓得用双手紧抓着汉子的衣襟挣扎着不放。

　　这时，围上来一群人。有人指着那汉子问他到底是怎么一回事。那汉子说："我要把他放到水里去让他自己游水。"

　　那些人都感到十分诧异。其中一个人指着汉子说："这么小的婴儿怎么会游水呢？把他一丢进水里不就会没命了吗？"

　　那汉子满不在乎地说："这个孩子的父亲十分擅长游泳，水性很好，因此孩子的水性肯定也好。把他扔到江里去，我们正好可以欣赏小孩子游泳。"

　　听了那汉子的话，人们都摇头。其中有个人斥责汉子说："你这人也太混账了！他父亲擅长游泳，这孩子难道也肯定擅

长游泳吗？我问，你父亲擅长什么？"

汉子回答说："木匠。"

那人又问："你也会木匠吗？"

汉子理直气壮地回答说："我也擅长木匠。"

那人问："你生下来就擅长木匠吗？"

汉子说："是长大后跟随父亲学的。"

那人说："这就是了。你父亲擅长木匠，你不可能生下来就会木匠，而是后来学的。你怎么能要求这个婴儿生下来就像他父亲一样会水呢？像你这样办事情，也真是太荒谬了！"

故事告诉我们，知识与技能是无法遗传的。一个人单纯强调先天智力和体能因素的作用，而忽视后天刻苦学习的重要性，那是幼稚可笑的。

扛竹竿进城

　　有一个鲁国人扛着一根长长的竹竿进城去卖。当他走到城门口时便犯愁了，因为他想不出用什么办法将竹竿扛进城去。把竹竿竖起来进城门吧，竹竿比城门高出一截；把竹竿横起来拿着走吧，竹竿比城门又宽出一截。他横着、竖着比划了半天，搞得满头大汗，就是进不了城门。

　　这时，一个老头经过城门。他看见那人愁眉苦脸的样子，非常自信地走过去对他说："我虽然不是什么圣人，但一生经历的事情比你多。既然是竹竿长、城门小，你为什么不把竹竿从中间截成两段呢？那样不就变成竹竿短、城门大，可以毫不费力地进城了吗？"

　　拿竹竿的人听了非常高兴，说："太好了。"

　　于是他找来锯子，将竹竿锯成两段，然后进了城门。

　　可是，这个卖竹竿的人在城里转了一天，竹竿就是卖不出去。因为他没想到，锯短的竹竿虽然是扛进了城，但是由于其用途不大，无人问津，所以几乎成了废品。

　　这则寓言既讽刺了鲁国人的愚蠢可笑，更嘲笑了那个自以为见多识广、喜欢乱出主意、好为人师的老头。正是类似这老头的一些人的瞎指点，使许多好事都办糟了。

宣王之弓

齐宣王有个特点，喜欢听别人对他说恭维话。

齐宣王爱好射箭，他喜欢听别人说他不论多强硬的弓都能够拉开。其实，齐宣王自己拉的弓，拉开时所用的力气还不到三石。

齐宣王射箭时，常常向身边的大臣们表演拉弓。他身边的近臣们为了奉承自己的国君，一个个都是先拿起宣王的弓，站好姿势，故意拉起来试试。这些近臣们在试弓时有意地做出很认真的神情，装出拼命地使出全身之力的样子：闭住嘴，鼓满两腮帮，将眼睛瞪得大大的、一眨不眨地站在那里，再慢慢地将弓拉到半满时故意停一下子就松开手。之后，他们都一个调子地奉承说："这张弓好厉害！真是强劲极了。如果没有九石的力气是别想将它拉开的。"

"那还用说，这么强的弓，除了大王您以外，是没有人能够拉开的。"

"世界上像大王这样能拉这么强硬的弓的人是很少有的。"

听了这些特别顺耳中听的话后，齐宣王的心里感到特别舒服，心里乐滋滋的，甜甜的，比蜜还要甜。

这样，齐宣王所拉的弓虽然只需用不超过三石的力，但是他一辈子都认为他拉的弓，没有使出九石的力是拉不开的。

拉开这张弓只用三石的力就可以了，这是实际；而用九石的力，则是徒有虚名的啊！齐宣王只喜欢虚名，却不知道他的实际的力量究竟有多大。

这篇寓言故事告诉人们：缺乏自知之明的人喜欢听奉承话，听到奉承话、恭维话就沾沾自喜的人必被人耻笑。

邾君为甲

　　古时候，在现今山东省邹县一带曾有一个国名为邾的小国。这个国家的将士所穿的战袍，一直用帛为原料。

　　因为用帛缝制的战袍不结实，所以邾国有个名叫公息忌的臣属向邾君建议说："做战袍还是以丝绳作原料为好，战袍耐用的关键之一在于缝制必须严实。虽然用帛缝制的战袍从外观上看也很严实，但是由于帛本身不大结实，我们只需一半的力气就可以把它撕开。如果我们先把丝绳织成布，再用丝绳布制作战袍，即使你用尽全身的力气去撕它，也不能把它撕破。"

　　邾君觉得公息忌的话很有道理，但是担心一时找不到这种原料，因此对公息忌说："缝制战袍的人上哪儿去弄那么多的丝绳布呢？"

　　公息忌回答说："只要说是国君想用丝绳布，老百姓还有

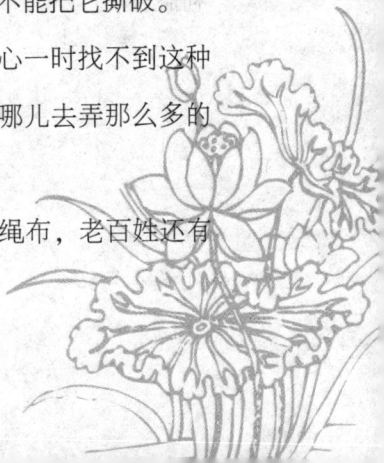

生产不出来的道理吗?"

郄君看到改变郄国多年沿用的以帛做战袍的传统并不困难,于是说了一声:"好,就按你的想法去办吧!"随后郄君下令全国各地的官府立即督促工匠改用丝绳布做战袍。

公息忌知道郄君的政令很快就要在各地施行起来,所以叫自己家里的人动手去搓丝绳。那些因为公息忌在君王面前露了脸而妒忌他的人,看到公息忌家里的人又走在别人前面搓起丝绳来了,于是借故到处中伤他,说:"公息忌之所以要大家用丝绳布制作战袍,原来是因为他家里的人都擅长制作丝绳的缘故!"

郄君听了这种说法以后很不高兴。他马上又下了一道命令,要求各地立即停止丝绳布的生产,还是按老规矩用帛做战袍。

郄君不注意搓丝绳和提高战袍质量在目标上的一致性,仅以一些流言蜚语来决定政策的做法是十分愚蠢的。通过这则寓言,我们应该认识到,判断一个人的言行是否正确,不能以某个人的好恶为标准,而应该看一看它是否符合全国人民的共同利益。

虎死撤备

一个名叫若石的人在冥山北面建造了一幢房屋。这幢房屋四周山林茂密，没有别的人家，所以若石一家住在那里，生活过得安逸清静。

然而没过多久，他发现一只老虎总是蹲在不远的山崖上朝他的住所张望，因此他的生活像平静的湖面落下了一块大石头那样，顿时起了波澜。若石全家因为老虎的出现而人心惶惶、坐立不安。作为应急的措施，他一面带领全家老小日夜监视老虎的动向，一面用日出鸣锣、日落燃火和夜间摇铃的方法驱赶老虎。为了增强防范能力，减少精力消耗，若石一家把篱笆改成高高的土墙，在墙的四周树起一道用荆棘筑成的屏障，在山谷里挖掘了可供防守用的洞穴。这些周全的举措、巩固的设施使老虎望而却步。整整一年过去了，老虎没有从若石家里得到

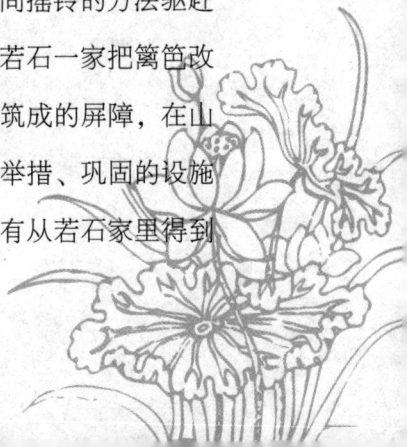

任何好处。

一天，若石听山里人说发现了一只死老虎。他跑去一看，认出它就是经常出没在自己住宅周围的那只虎，所以非常高兴。若石以为威胁自己的那只虎死了，等于根除了心腹大患。于是，他放松了对野兽的监视，撤除了打虎的装备。家里的院墙损坏了也不去修复，荆棘围成的篱笆破烂了也不去整补。他每天过着高枕无忧的生活。

没过多久，一只貙在追逐麋鹿的时候从若石的屋后经过。它听见若石家里有牛、羊、猪的叫声就止了步。这只貙闯进院子，躲在若石的屋角边窥视了一会儿，见四周没有人，于是跑进牲畜棚里乱咬乱抓起来。若石闻讯后赶去观察，发现一个像山猫的家伙正在咬吃一只山羊。他不知道那就是性情凶猛的貙，所以用大声的喝斥去赶它。可是貙并不害怕，它仍然咬着羊不放。若石见这个家伙不肯走，拾起一块石头向它砸去。谁知那只貙突然丢开了羊，转过身先举起两只前腿像人一样直立起来，接着猛然扑向若石，用利爪把他抓死了。

一些有学问的君子议论说："若石只知其一而不知其二，自然会落到这种下场。"

这则寓言告诉人们要掌握看问题的正确方法，善于透过现象总结具有普遍性的规律。一只虎想吃人，饥饿的虎都吃人；一种凶猛的野兽会害人，所有凶猛的野兽都害人。

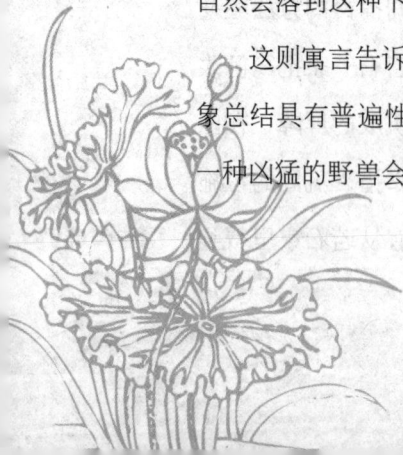

南海人赠蛇

041

南海中有一个岛，岛上的人以打鱼为生。岛上有很多蛇，岛民们对付蛇很有办法，因此遇到蛇并不惊慌失措。打死了蛇以后，岛民们看看扔掉可惜，便把蛇肉烹调了来吃。这一吃，大家发现蛇肉鲜美嫩滑，特别可口，于是，蛇肉成了岛民们普遍喜爱的美味佳肴。

有一次，一个从没有出过远门的南海人带着家人到遥远的北方去旅游。他们一家人都爱吃蛇肉，怕到了别处吃不到这样的美味了，就带了不少腊制的蛇肉当干粮。

这个南海人带着家人走了很远很远，来到了齐国。他找了一家还算整洁的旅店安顿下来。齐国人都十分好客，主人见他们从很远的南方来，就热情地招待他们，每天做好饭好菜给他们吃，铺床、清扫房间、洗衣服，把这个南海人一家照顾得

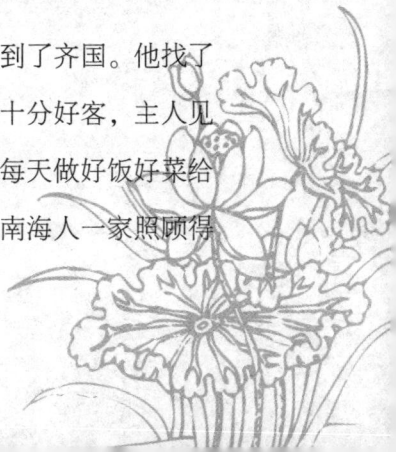

十分周到，房钱也收得很便宜，还常常主动向他们介绍齐国的风土人情。

南海人受到这样的款待，心里很是高兴，同时也挺感动，于是便跟家里人商量着要送些什么礼物给主人，以表达感激之情。想来想去，他觉得蛇肉最合适。北方没有这类佳肴，主人一定会喜欢的。

打定了主意，他便在带来的腊蛇肉里挑开了，最后选中了一条长满花纹的大蛇。他高兴地拿着蛇去见主人，想象着主人开心的样子。

齐国在北方，很少产蛇。齐国人一见到毒蛇，吓得逃命都来不及，更别提去吃了。所以见到南海人送来的大花蛇，害怕得脸色都变了，吐着舌头转身就跑。南海人大惑不解：主人这是怎么了？他想了好一会，对了，一定是主人嫌礼物轻了。他赶紧叫过仆人，叫他再去挑一条最大的腊蛇来送给主人。

像这个南海人一样，遇事不了解情况，也不加以调查，就胡乱依自己的猜想来作主观臆断，是难以得出正确的结论的。

惊弓之鸟

战国时魏国有一个有名的射箭能手叫更赢。有一天，更赢跟随魏王到郊外去游玩。玩着玩着看见天上有一群鸟从他们头上飞过，在这群鸟的后面，有一只鸟吃力地在追赶着它的同伴，也向这边飞来。更赢对魏王说："大王，我可以不用箭，只要把弓拉一下，就能把天上飞着的鸟射下来。""会有这样的事？"魏王真有点不相信地问。更赢说道："可以试一试。"过了一会儿，那只掉了队的鸟飞过来了，它飞的速度比前面几只鸟要慢得多，飞的高度也要低一些。这只鸟飞近了——原来是只掉了队的大雁，只见更赢这时用左手托着弓，用右手拉着弦，弦上也不搭箭。他面对着这只正飞着的大雁拉满了弓。只听得"当"的一声响，那只掉了队正飞着的大雁便应声从半空中掉了下来。魏王看到后大吃一惊，连声说："真有这样的事

情!"便问更羸不用箭是凭什么将空中飞着的鸟射下来的。更羸笑着对魏王讲:"没什么,这是一只受过箭伤的大雁。""你是怎么知道这只大雁是受过了箭伤的呢?"魏王更加奇怪了,不等更羸说完就问。更羸笑着继续对魏王说:"从这只大雁飞的姿势和叫的声音中知道的。"更羸接着讲:"这只大雁飞得慢是它身上的箭伤在作痛,叫的声音很悲惨是因为它离开同伴已很久了。旧的伤口在作痛,还没有好,它心里很害怕。当听到弓弦声响后,更害怕再次被箭射中,于是就拼命往高处飞。它心里本来就害怕加上拼命一使劲,本来未愈的伤口又裂开了,疼痛难忍,翅膀再也飞不动了,它就从空中掉了下来。"

故事中的大雁听到弓弦声响后就惊惶万分,是因为它身上受过箭伤。

这个故事的寓意是指有人在某一件事情上吃过亏,于是就老是害怕再次发生类似的事情,可以说是惊弓之鸟。

古书与古铜

有一个读书人，他的一大嗜好便是买书。

这一天，他进城去，半路上碰到另外一个读书人，手里也拿着好多书。他上前将那人手里的书看了一遍，喜欢得不得了，恨不得一下子都买下来成为自己的，可是他手里又没钱，急得他不知如何是好。忽然，他想出个好主意，就对那个读书人说："书生，我家里有好多的古铜器，我本打算把它们卖掉再去买些书。现在我看你手上的书正是我想要买的书，我想用我家里的古铜器换你的书，不知行不行？"

没想到那个卖书的读书人正好有收集古器皿的嗜好，听说这个要书的读书人家里有古铜器，实在是太高兴了，于是两人立即达成了以古书换古铜器的交易。卖书人随着到了买书人的家里，看见各种各样的古铜器摆在那里，心里很是高兴，于是

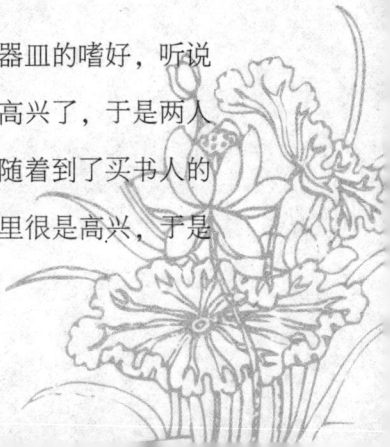

用自己随身带的书，换了十几件古铜器，一边背起铜器回家，心里一边还在一个劲地庆幸自己今天好运气。

卖书人将沉重的古铜器背回家中，还没喘过气来，只见他的妻子从房内走出来，惊讶他怎么回得如此之快，便问："怎么这么快就把书给卖掉了？"

卖书人并不回答妻子的问话，他将鼓鼓囊囊的口袋打开，然后十分小心地将古铜器皿一件件拿出来，对妻子说："我用书换了这些古铜器了，这些东西正好是我所需要的。"

他妻子一听气坏了，指着他骂道："真是个糊涂蛋，你换回这些个破旧东西，能变成饭吃么？你吃大亏了呀！"

卖书人却回答说："他换得我的那些书，难道就能当饭吃吗？有什么吃亏不吃亏？"他的妻子竟哑口无言，还若有所悟地点着头哩。

其实两个读书人互换古书与古铜器，本是件各取所需各得其所的好事，可卖书人妻子的庸俗责骂，却引出了卖书人的一个愚蠢回答，着实可叹。

豹子捉老鼠

有个叫猗于皋的人听说尾勺氏养的一只豹子非常擅长捕猎，不禁十分羡慕。他想，要是我也能有一只豹子来帮自己捕捉动物，那该有多好！于是，他不惜用一对上好的白璧为代价将尾勺氏的豹子换到了手。

猗于皋得了豹子非常高兴，他大摆筵席，邀请朋友来喝酒庆贺。酒过三巡，他把豹子牵到院子里让朋友们观看。这头豹子果然长得勇武极了。金黄色的皮毛闪闪发亮，又小又尖的耳朵直竖在头顶，两只眼睛光芒四射，四肢直而长，走起路来轻盈而矫健。猗于皋得意地向大家夸耀说："你们看看我这头豹子，多强壮、多勇猛！它的本领可高强了，没有它抓不到的动物，我就指望它帮我了！"

从此以后，猗于皋特别宠爱这头豹子，待它非常好。豹子

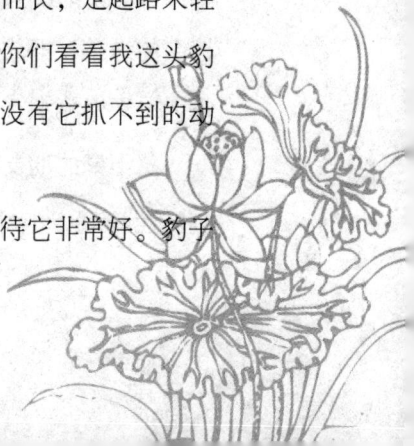

的脖子上套着镀金的绳子，还系着饰有美丽纹彩的丝绸，天天都有新鲜的家畜肉吃，过的简直是达官贵人的生活。猗于皋常常一边抚摸着豹子的脑袋喂东西给它吃，一边自言自语地说："豹子啊豹子，我如此厚待你，你可不要辜负了我的希望啊，哪一天，你才能对我有所回报呢？"

有一天，一只大老鼠从房檐下跑过，猗于皋吓了一跳，急忙跑过去解开豹子，叫它去扑咬老鼠。可是豹子漫不经心地瞧了老鼠几眼，又去做它自己的事了，完全置之不理。猗于皋非常生气，指着豹子大骂道："难道你忘了我是怎么对你的吗？竟然这样回报我！下次你再敢这样，我就要不客气了！"又一天，又有老鼠跑过，猗于皋又让豹子去扑。豹子似乎忘了猗于皋的警告，仍旧无动于衷。猗于皋这次真的大动肝火，他愤怒地取过鞭子狠狠地抽打豹子，边打边骂："你这没用的畜牲，只知道享乐，什么事也不愿做，我白对你好了一场！"豹子又痛又委屈，大声嗥叫着，用哀求的眼神看着猗于皋，好像是希望他体谅自己。可是猗于皋根本不顾这些，更加用力地鞭打它，豹子身上凸起了一条条的血痕。

此后，豹子的生活一落千丈，猗于皋用普通的绳索换下了镀金的绳子，把豹子关在牛羊圈里，每天只给它酒糟吃。豹子每天沮丧得流泪，却一点办法都没有。

猗于皋的朋友安子佗听说了这件事，赶来责怪他说："宝剑虽然锋利，但补鞋时却不如尖利的锥子；锦绣丝绸虽然漂

亮，但用来洗脸却不如一尺粗布。花纹美丽的豹子虽然凶猛，
但捉起老鼠来却不如猫。你怎么这样蠢，为什么不用猫去捉老
鼠，放开豹子去捕捉野兽呢?"猗于皋恍然大悟道："对呀!"
于是他按安子佗说的去做，很快，猫把老鼠全捉完了，豹子也
抓来了许许多多野兽，数都数不清。

　　人都不是全才，只有知人善任，才不会做出叫豹子去抓老
鼠的荒唐事来。

农夫敬畏鬼神

　　从前，瓯、粤地方的农夫们非常迷信，尤其信奉鬼神。为了表现自己的虔诚，农夫们为鬼神修造了许多庙宇，山顶上、河岸边到处都是。农夫们用自己勤劳的巧手和精湛的技艺为鬼神塑像，把将军雕刻得高大威猛、相貌凶恶可怕；郎君则和蔼一些，面孔白皙、青春年少；面容慈祥、端庄高贵的是人们想象中的仙婆；想像中的仙姑容貌艳丽、姿态优美。所有这些雕塑都经过精雕细刻，连一丝皱纹都刻得清清楚楚，衣袂飘飘好像在风中飞舞，栩栩如生，逼真极了。

　　农夫们为了给鬼神修建这些庙宇，费尽了心思，用自己的全部本领把庙宇造得雄伟巍峨，十分宽敞。通向庙宇的路上，还建造了长长的石阶，石阶两旁有树木荫庇，树上缠满了藤萝，招来了数不清的鸟儿在这里做窝定居。农夫们还在庙宇的

庭院里雕塑了神鬼的车马随从，并用彩绘装饰，将庙宇的气氛弄得不同寻常，却又让人感到阴森恐怖。

农夫们非常敬畏这些泥塑木刻的神像，每到祭祀的时候，都不忘献上供品。家里宽裕的要宰牛；条件没那么好的要拿猪做祭品；就是穷得最厉害的也要把鸡、狗之类的东西献给鬼神。那些酒菜鱼肉等等，人们往往自己舍不得吃，却拿到庙里去给鬼神上供。就是这样，人们在献祭的时候还要举行隆重的仪式。礼节稍有不周，大家就都害怕得不得了，生怕鬼神因此而动怒，把灾祸降临到他们头上。一旦有谁得病或者谁去世了，人们也不问究竟，一概将其归结为是鬼神安排的结果。

农夫们自己想象出鬼神，又亲手制作了它们的偶像，却又去崇拜自己一手炮制出来的东西，真是又可笑又可悲。我们只有努力摆脱观念上的束缚和精神桎梏，才能以科学的态度办事情，不再像农夫们那样愚弄自己。

守 株 待 兔

宋国有一个农民，每天在田地里劳动。一年四季，早上天一亮就起床，扛着锄头往田野走；傍晚太阳快落山了，又扛着锄头回家。他实在是很辛苦。

有一天，这个农夫正在地里干活，突然一只野兔从草丛中窜出来。野兔见到有人而受了惊吓。它拼命地奔跑，不料一下子撞到农夫地头的一截树桩子上，折断脖子死了。农夫放下手中的农活，走过去捡起死兔子。他非常庆幸自己的好运气。

晚上回到家，农夫把死兔交给妻子。妻子做了香喷喷的野兔肉，两口子有说有笑美美地吃了一顿。

第二天，农夫照旧到地里干活，可是他再不像以往那么专心了。他干一会儿就朝草丛里瞄一瞄、听一听，希望再有一只兔子窜出来撞在树桩上。就这样，他心不在焉地干了一天活，

该锄的地也没锄完。直到天黑也没见到有兔子出来，他很不甘心地回家了。

第三天，农夫来到地边，已完全无心锄地。他把农具放在一边，自己则坐在树桩旁边的田埂上，专门等待野兔子窜出来。可是又白白地等了一天。

后来，农夫每天就这样守在树桩边，希望再捡到兔子，然而他始终没有再得到。而农夫地里的野草却越长越高，把他的庄稼都淹没了。农夫因此成了宋国人议论的笑柄。

把一次偶然的事件当做常有的现象、看成是一种必然规律的做法是缺乏根据和十分轻率的。一个人如果那样去看问题，就会做出像这个宋国人一样的蠢事来。

愚公移山

在山西省境内，如今耸立着太行和王屋两座大山，占地700余里，高逾万丈，据说是从冀州与河阳之间迁徙而来。

那还是在很久很久以前，有位名叫愚公的老人，已经快九十岁了，他的家门正好面对着这两座大山。由于交通阻塞，与外界交往要绕很远很远的路，极为不便。为此，他将全家人召集到一起，共同商议解决的办法。愚公提议："我们全家人齐心合力，共同来搬掉屋门前的这两座大山，开辟一条直通豫州南部的大道，一直到达汉水南岸。你们说可以吗？"大家七嘴八舌地表示赞同这一主张。

这时，只有愚公的老伴有些担心，她瞧着丈夫说："靠您的这把老骨头，恐怕连魁父那样的小山丘都削不平，又怎么对付得了太行和王屋这两座大山呢？再说啦，您每天挖出来的泥

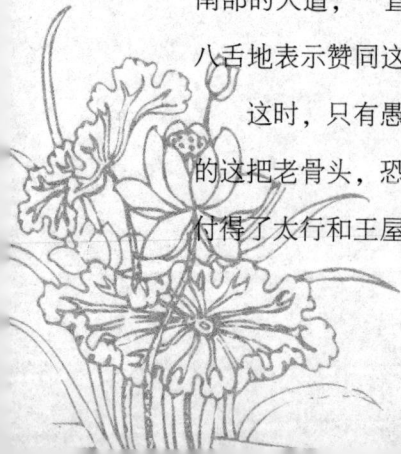

土石块，又往哪儿搁呢?"儿孙们听后，争先恐后地抢着回答："将那些泥土、石块都扔到渤海湾和隐土的北边去不就行了?"

决心既下，愚公即刻率领子孙三人挑上担子，扛起锄头，干了起来。他们砸石块，挖泥土，用藤筐将其运往渤海湾。他家有个邻居是寡妇，只有一个七八岁的小男孩，也跳跳蹦蹦地赶来帮忙，工地上好不热闹! 任凭寒来暑往，愚公祖孙很少回家休息。

有个住在河曲名叫智叟的人，看到愚公率子孙每天辛辛苦苦地挖山，感到十分可笑。他劝阻愚公说："你也真是傻冒到家了! 凭着你这一大把年纪，恐怕连山上的一棵树也撼不动，你又怎么能搬走这两座山呢?"

愚公听后，不禁长长地叹了一口气。他对智叟说："你的思想呀，简直是到了顽固不化的地步，还不如那位寡妇和她的小儿子哩! 当然，我的确是活不了几天了。可是，我死了以后有儿子，儿子又生孙子，孙子还会生儿子，这样子子孙孙生息繁衍下去，是没有穷尽的。而眼前这两座山却是再也不会长高了，只要我们坚持不懈地挖下去，还愁会挖不平吗?"面对愚公如此坚定的信念，智叟无言以对。

当山神得知这件事后，害怕愚公每日挖山不止，便去禀告上帝。上帝也被愚公的精神感动了，于是就派两个大力神来到人间，将这两座山给背走了，一座放到了朔方的东部，一座放到了雍州的南部。从此以后，冀州以南一直到汉水南岸，就再

也没有高山挡道了。

这篇中国老百姓家喻户晓的寓言故事告诉人们：智叟孤立而静止地看待愚公之老和太行王屋两山之高，其实无"智"可言；而愚公能用发展眼光洞悉子孙无穷与山高有限，又怎么能说是"愚"呢？要想干成一番事业的人，就应像愚公那样充满信心，有顽强的毅力，不惧艰难险阻，坚持不懈地干下去，不达目的誓不罢休。

夜郎自大

秦汉时代，我国西南地区居住着许多部落。汉初，由于朝廷忙着平定内乱和对付北方匈奴的侵犯，没有余力顾及到遥远的西南地区，而西南的这些部落也从不知道外面的世界。

西南地区的这些部落都很小，他们散住在山中、林间。其中有一支名为"夜郎"的部落，就算是很大的了。

夜朗部落有个首领名叫多同。在他眼里，夜郎就是天底下最大的国家了。一天，他骑马带着随从出外巡游，他们来到一片平坦的土地上，多同扬鞭指着前方说："你们看！这一望无边的疆土，都是我的，有哪一国能比它大呢？"

跟随一旁的仆从连忙献媚说："大王您说的很对，天下还有哪一国比夜郎更大呢！"多同心里沾沾自喜。

他们又来到一大片高山前，多同仰起头，看着巍峨的高山

说："天下还找得到比这更高的山吗?"

随从连忙应和说："当然找不到，天下哪有比夜郎的山更高的山呢!"

后来，他们来到一条江边，多同跳下马来，指着滔滔江水说："你们看，这条江又宽又长，这是世界上最长最大的河了。"

随从们没有一个不同意的，都齐声说："那是肯定的。我们夜郎是天下最大的国家。"

这次出游以后，夜郎国的人更加自大起来。

汉武帝时候，武帝派使者出使印度，经过夜郎国。

夜郎的首领多同从没去过中原，根本不知道中原是怎么回事。于是他派人将汉朝使者请进部落帐中。多同问汉朝使者说："汉和夜郎相比，哪个大些?"

汉使者听了多同的问话，不禁哈哈大笑起来，他回答说："夜郎和汉是完全不能相比的。汉朝的州郡就有好几十个，而夜郎的全部地盘还抵不上汉朝一个郡的地盘。你看，哪一个大呢?"

多同一听，不禁目瞪口呆，满脸羞愧。

生活中也是这样，见识越广的人越懂得谦虚，而见识越短浅的人反而越盲目自大。

许绾的智慧

魏王决定建造一座很高很高的台阁，它的高度恰好是天与地之间距离的一半，并将这座高台起名叫"中天台"。

很多人知道魏王这个决定后，都觉得很荒唐，于是纷纷前来劝阻魏王。

魏王感到非常生气，他传下命令说："谁要再来反对我的决定，一律杀头！"这样，虽然大家表面上都不敢再说什么了，但是在心里却都非常着急。

一天，有个叫许绾的人背着筐，拿着铁锹到王宫来求见魏王。他对魏王说："听说大王要建一座'中天台'，我愿前来助大王一臂之力。"

魏王已经听厌了手下人的反对声，今天竟然见到这个前来帮助建造高台的第一人，魏王当然感到非常高兴。魏王问他：

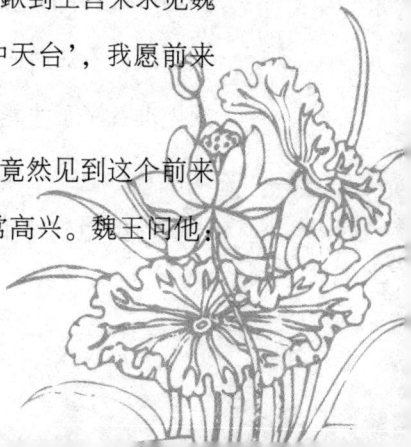

"你有什么力量能够帮助我呢?"

许绾说:"我没什么了不起的力量,我只是能帮助大王您商量建台的计划。"

魏王连忙高兴地问他说:"你有什么高见?快讲来我听。"

许绾不慌不忙地说:"大王您在建造高台之前,先得发动大规模的战争。"

魏王很不理解地说:"你这是什么意思?"

许绾说:"请大王听我分析。我听说天地间相距15 000里,中天台的高度是它的一半,那就是7 500里。要建7 500里高的台,那么台基就得方圆8 000里。现在拿出大王的全部土地,也远远不够做台基的。古时尧、舜建立的诸侯国,土地一共才方圆5 000里。大王要建中天台,首先就得出兵讨伐各诸侯国,将各诸侯国的土地全部占领。这还不够,还得再去攻打四面边远的国家,得到方圆8 000里的土地之后,才算凑齐了做台基的土地。另外,造台所需的材料、人力,造台的人需要吃的粮食,这些都要以亿万为单位才能计算;同时,在方圆8 000里以外的土地上,才能种庄稼,要供应数目庞大的建台人吃饭,不知道还得要多大的土地才够用呢。所有这些,都必须先准备好了才能动工造高台。所以,您应该先去大规模地打仗。"

许绾说到这里,魏王已经目瞪口呆,一句话也说不出来

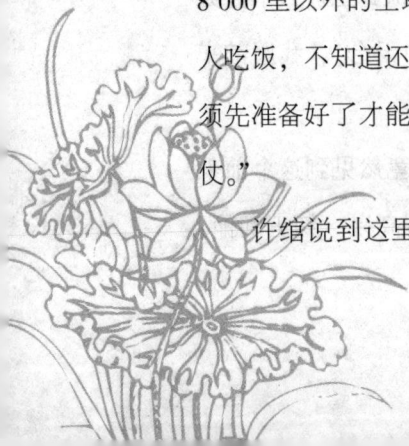

了。后来，魏王当然是放弃了造中天台的想法。

许绾劝说魏王，循循善诱，以理服人，使魏王明白自己所要建的"中天台"只不过是毫无客观基础的盲目蛮干，它当然不可能实现。

造剑的人

大司马是楚国的官员，有一位专为他造剑的工匠。

工匠尽管有八十来岁，但打出的剑依然锋利无比，光芒照人。

"您老人家年事已高，剑仍旧造得这么好，是不是有什么窍门？"大司马赞叹老匠人高超的技艺。

老工匠听了主人的夸奖，心中有些不自在。他告诉大司马："我在 20 岁时就喜欢造剑，造了一辈子剑。除了剑，我对其他东西全然不顾，不是剑就从不去细看，一晃就过了 60 余年。"

大司马听了老工匠的自白，更是钦佩他的献身精神。

虽然老工匠没有谈造剑的窍门，但他揭示了一条通向成功的道理。他专注于造剑技艺，几十年如一日，执著的追求使他

掌握了造剑工艺，进而达到一种高超的境界。有了这样的精神，哪有造剑不锋利不光亮的道理？

世上无难事，只怕有心人。种瓜得瓜，种豆得豆。精湛的技艺，丰硕的收获，事业的成功，都是靠专心致志终身追求而取得的。

燕人还国

　　有一个在燕国出生，在楚国长大，直至花甲之年还不曾回过家乡的燕国人，因为思乡心切，不顾年事已高，气血衰退，居然独自一人不辞劳苦，千里迢迢去寻故里。

　　他在半路上遇到一个北上的人。两人自我介绍以后，很快结成了同伴。他们一路上谈天说地，起居时互相照应，因此赶起路来不觉得寂寞，时间仿佛过得很快。不知不觉，他们就到了晋国的地界。

　　可是这个燕国人没有想到与自己朝夕相处、一路风尘的同伴竟在这时使出了捉弄人的花招。他的那个同伴指着前面的晋国城郭说道："你马上就要到家了。前面就是燕国的城镇。"这燕人一听，一股浓厚的乡情骤然涌上心头。他一时激动得说不出话来，两眼被泪水模糊了，脸上怆然失色。过了一会儿，

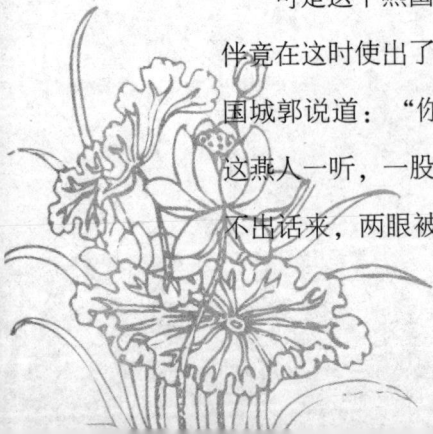

那同伴指着路边的神庙说："这就是你家乡的神庙。"燕人听了以后，马上叹息起来：家乡的神庙可是保佑自己的先辈在这块燕国的土地上繁衍生息的圣地呵！他们再往前走，那同伴指着路边的一栋房屋说："那就是你的先辈住过的房屋。"燕人听了这话，顿时热泪盈眶。滚滚的泪水把他的衣衫也弄湿了。祖居不仅是父母、祖辈生活过的城堡，而且是自己初生的摇篮。祖居该有多少动人的往事和令人怀念的、神圣而珍贵的东西呵！那同伴看到自己的谎话已经在燕人身上起了作用，心里暗暗为这种骗人的诡计自鸣得意。他为了进一步推波助澜，拿燕人取乐，没有等燕人的心情平静下来，又指着附近的一座土堆说道："那就是你家的祖坟。"这燕人一听，更是悲从中来。自己的祖辈和生身的父母都安息在眼前的坟墓里。这座祖坟不就是自己的根吗！虽然说这个燕人已年至花甲，然而他站在阔别多年的先辈坟前，却感到自己像一个失去了爹娘的孤苦伶仃的孩子，再也禁不住强烈的心酸，一个劲地放声痛哭起来。

到了这个地步，那同伴总算看够了笑话。他忍不住满腹的畅快，哈哈大笑起来，并像个胜利者一样，对燕人解嘲地说："算了，算了，别把身子哭坏了。我刚才是骗你的。这里只是晋国，离燕国还有几百里地哩。"

听了同伴这么一说，燕人知道上了当。他怀乡念旧的虔诚心情顿时烟消云散。紧接着占据他心灵的情感是对因轻信别人而导致的过度冲动深感难堪。

当这个燕国人真正到了燕国的时候，燕国的城镇和祠庙，先辈的房屋和坟墓，已不像他在晋国见到的城市、祠庙、房屋和坟墓那样具有感召力。回到了自己的家乡，他触景生情的伤感反而减弱了。

几十年里蓄积起来的一腔思乡激情提前在晋国爆发，随后又遭到了亵渎。因此，当他真的到了故乡，不仅再也无法重新积聚刚踏上归途时的那股强大的追求力量，而且神圣的信仰也被欺诈蒙上了一层暗淡的阴影。

这则寓言告诉我们，要用真诚的态度对待朋友和自己的事业。尔虞我诈到处泛滥的社会环境，很容易动摇人们高尚的信念。

小吏烹鱼

　　某一天，有人把一条鲜活的大鱼送到郑国子产的府上，以表达对这位卿相的恭敬。豪门大户平时并不缺一顿饭菜，所以子产便叫一个小吏把鱼放到池塘里养起来。

　　相府池塘里的鱼虽然很多，但并不是一个小吏所能轻易享用的。这次小吏见鱼就在手里，便悄悄拿回去煮着吃了。

　　事后，小吏报告子产说："我已经把那条鱼放到池塘里去了。您猜怎么着，那鱼刚一入水，呆头呆脑，稳不住身子。我当它是活不过来了。可是没过多久，鱼就缓过气来，甩了甩尾巴，一头钻进深水中去了。"

　　子产高兴地说："好、好！这正是我们常说的'如鱼得水'。它找到合适的去处了。"

　　小吏见谎话没有被识破，从子产那里出来时很得意。他自

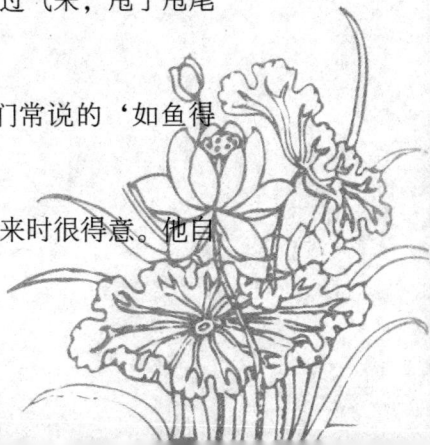

言自语地说："都说子产很聪明，我看有点言过其实。鱼已经被我煮着吃了，他却还以为正在池塘里撒欢呢，嘴上不住地说什么'找到合适的去处了'。难道这合适的去处竟然是我的肚肠吗？哈、哈！真有意思。"

子产能在郑国被人称为一个贤相，必然具备一定的才华。他被小吏所蒙骗的事实说明，一个有才学的人虽然难以被不合情理的话所蒙蔽，但不等于说他不会被合乎情理的话所欺骗。

自相矛盾

楚国有个人在集市上既卖盾又卖矛。为了招徕顾客，使自己的商品尽快出手，这个脑子简单的人高声地炒卖自己的商品。

他首先举起了手中的盾，向着过往的行人大肆吹嘘："列位看官，请瞧我手上的这块盾牌，这可是用上好的材料一次锻造而成的好盾呀，质地特别坚固，任凭您用什么锋利的矛也不可能戳穿它！"一番话说得人们纷纷围拢来，仔细观看。

接着，这个楚人又拿起了靠在墙根的矛，更加肆无忌惮地夸口："诸位豪杰，再请看我手上的这根长矛，它可是经过千锤百炼打制出来的好矛呀，矛头特别锋利，不论您用如何坚固的盾来抵挡，也会被我的矛戳穿！"此番大话一经出口，听的人个个目瞪口呆。

过了一会儿，只见人群中站出来一条汉子，指着那位楚人问道："你刚才说，你的盾坚固无比，无论什么矛都不能戳穿；而你的矛又是锋利无双，无论什么盾都不可抵挡。那么请问：如果用你的矛来戳你的盾，结果又将如何？"

楚人听了，无言以对，只好涨红着脸，赶紧收拾好他的矛和盾，灰溜溜地逃离了集市。

楚人说话前后自相矛盾，不能自圆其说，难免陷入尴尬境地。要知道，戳不破的盾与戳无不破的矛是不可能并存于世的。因此，我们无论做事说话，都要注意留有余地，不要做满说绝走极端。

侏儒梦灶

卫灵公在位时，不大亲理朝政。这给一些有政治野心的人提供了可乘之机。他们用腐蚀、献媚的手段取悦于灵公，从而换取灵公的宠信。

在这场争权夺利的争斗中，弥子瑕是一个获胜者。他不仅使卫灵公对他言听计从，而且即使他用自己所把持的朝廷大权为非作歹，灵公也不去过问。对此，很多人深感痛恨。

有一次，一个侏儒求见灵公。进殿后，他兴冲冲朝灵公走去。到了灵公面前，他神秘地说了一句："我昨天做的一个梦已经应验了！"

灵公好奇地问："是怎样的一个梦？"

侏儒说："我梦见了一口灶。它预示我能见君王。现在我不是见到君王您了吗？这说明我的梦已经应验。"

　　灵公一听很生气。他忿忿地说："人们都把国君比做太阳，你却把梦见灶与求见我联系在一起，真是岂有此理！"

　　侏儒说道："请君王息怒。我这样讲是有道理的。大家都知道太阳的光芒普照天下，地上没有哪一件东西能遮挡其光辉；君王的功德荫庇全国，没有哪一个人能够取而代之。然而灶却不一样。如果有一个人坐在灶前烧火，就能把灶口完全遮住，他身后的人哪里还能看到灶膛里的光亮呢？现在君王身边不是经常只有一个人在那里'烧火'吗？既然如此，我见您之前没有梦见太阳而是梦见了灶，难道有什么不对吗？"

　　这篇故事，抓住了封建君王好大喜功、梦想与日同辉的自私心理，把一个不理朝政的昏君比做灶，其寓意是以此来藐视、刺激他，促使其摆脱个别坏人的控制，振兴朝纲。同时，寓言还告诫人们，我们对于弥子瑕那种通过给君王歌功颂德来博取名利的野心家，决不能掉以轻心。

棘刺刻猴

　　燕王有收藏各种精巧玩物的嗜好。有时他为了追求一件新奇的东西，甚至不惜挥霍重金。"燕王好珍玩"的名声不胫而走。

　　有一天，一个卫国人到燕都求见燕王。他见到燕王后说："我听说君王喜爱珍玩，所以特来为您在棘刺的顶尖上刻猕猴。"

　　燕王一听非常高兴。虽然王宫内有金盘银盏、牙雕玉器、钻石珠宝、古玩真迹，可是从来还没有听说过棘刺上可以刻猕猴。因此，燕王当即赐给那卫人享用 30 方里的俸禄。随后，燕王对那卫人说："我想马上看一看你在棘刺上刻的猴。"

　　那卫人说："棘刺上的猕猴不是一件凡物，有诚心的人才能看得见。如果君王在半年内不入后宫、不饮酒食肉，并且赶

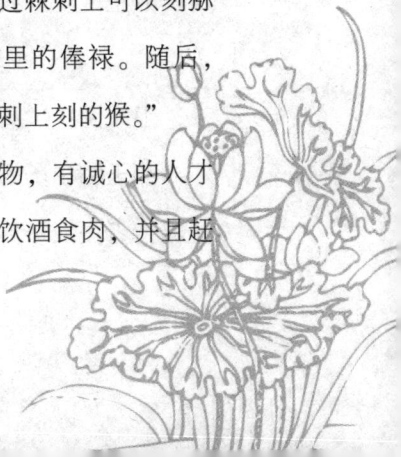

上一个雨过日出的天气，抢在阴晴转换的那一瞬间去看刻有猕猴的棘刺，届时您将如愿以偿。"

不能马上看到棘刺上刻的猕猴，燕王只好拿俸禄先养着那个卫人，等待有了机会再说。

郑国有个铁匠听说了这件事以后，觉得其中有诈，于是去给燕王出了一个主意。这匠人对燕王说："在竹、木上雕刻东西，需要有锋利的刻刀。被雕刻的物体一定要容得下刻刀的锋刃。我是一个打制刀斧的匠人，据我所知，棘刺的顶尖与一个技艺精湛的匠人专心制作的刻刀锋刃相比，其锐利程度有过之而无不及。既然棘刺的顶尖连刻刀的锋刃都容不下，那怎样进行雕刻呢？如果那卫人真有鬼斧神工，必定有一把绝妙的刻刀。君王用不着等上半年，只要现在看一下他的刻刀，立即就可知道用这把刀能否刻出比针尖还小的猕猴。"

燕王一听，拍手说道："这主意甚好！"

燕王把那卫人召来问道："你在棘刺上刻猴用的是什么工具？"

卫人说："用的是刻刀。"

燕王说："我一时看不到你刻的小猴，想先看一看你的刻刀。"

卫人说："请君王稍等一下，我到住处取来便是。"

燕王和在场的人等了约一个时辰，还不见那卫人回来。燕王派侍者去找。侍者回来后说道："那人已不知去向了。"

这件事中的虚伪，在实际验证之前即被一个铁匠用推理方法迅速戳穿，从而显示了劳动者的智慧；也嘲讽了封建统治者的无知无能。

　　这则寓言告诉我们，正确的推理方法跟实践活动一样，是我们认识世界的重要法宝。

曾子杀猪

一个晴朗的早晨，曾子的妻子梳洗完毕，换上一身干净整洁的蓝布新衣，准备去集市买一些东西。

她出了家门没走多远，儿子就哭喊着从身后撵了上来，吵着闹着要跟着去。

孩子不大，集市离家又远，带着他很不方便。因此曾子的妻子对儿子说："你回去在家等着，我买了东西一会儿就回来。你不是爱吃酱汁烧的蹄子、猪肠炖的汤吗？我回来以后杀了猪就给你做。"

这话倒也灵验。她儿子一听，立即安静下来，乖乖地望着妈妈一个人远去。

曾子的妻子从集市回来时，还没跨进家门就听见院子里捉猪的声音。她进门一看，原来是曾子正准备杀猪给儿子做好吃

的东西。

她急忙上前拦住丈夫，说道："家里只养了这几头猪，都是逢年过节时才杀的。你怎么拿我哄孩子的话当真呢？"

曾子说："在小孩面前是不能撒谎的。他们年幼无知，经常从父母那里学习知识，听取教诲。如果我们现在说一些欺骗他的话，等于是教他今后去欺骗别人。虽然做母亲的一时能哄得过孩子，但是过后他知道受了骗，就不会再相信妈妈的话。这样一来，你就很难再教育好自己的孩子了。"

曾子的妻子觉得丈夫的话很有道理，于是心悦诚服地帮助曾子杀猪去毛、剔骨切肉。没过多久，曾子的妻子就为儿子做好了一顿丰盛的晚餐。

曾子用言行告诉人们，为了做好一件事，哪怕对孩子，也应言而有信，诚实无诈，身教重于言教。

一切做父母的人，都应该像曾子夫妇那样讲究诚信，用自己的行动做表率，去影响自己的子女和整个社会。

鸥鸟与青年

从前，有位青年住在海边，非常喜欢鸥鸟，鸥鸟也乐于亲近他。每天晨曦初露，当他摇船出海的时候，总有一大群鸥鸟尾随在他的渔船四周，或在空中盘旋，或径直落在他的肩上、脚下、船舱里，自由自在地与青年一道嬉戏玩耍，久久不愿离去，相处十分和谐。

后来，青年的父亲听说了这件事，就对他说："人家都说海上的鸥鸟喜欢跟你一道玩耍，毫无戒备，你何不乘机抓几只回来，也给我玩玩。"

青年于是满口答应道："这有何难？"

第二天，青年早早地出了家门，将小船摇出海面，焦急地等待着鸥鸟们的到来。

可是，那些聪明的鸥鸟早已经看出了他今日的神情不对，

因此只是在空中盘旋，而不肯落到他的船上。

当青年准备伸手抓它们的时候，鸥鸟们就"呼"地一声全飞走了，青年只好干瞪眼。

这个故事告诉人们：彼此交往要想达到和谐友好的境界，必须以互相真诚为前提。如果你自以为聪明去算计朋友，那么朋友必然会弃你而去。

千金买马骨

传说古代有一个非常喜爱骏马的国君，为了得到一匹胯下良骑，曾许以一千金的代价买一匹千里马。

普天之下，可以拉车套犁、载人驮物的骡、马、驴、牛多的是，而千里马则十分罕见。派去买马的人走镇串乡，像大海里捞针一样，3年的时间过去了，连个千里马的影子也没有见到。

一个宦官看到国君因得不到朝思暮想的千里马而怏怏不乐，便自告奋勇地对国君说："您把买马的任务交给我吧！只须您耐心等待一段时间，届时定会如愿以偿。"

国君见他态度诚恳、语气坚定、仿佛有取胜的秘诀，因此答应了他的请求。

这个宦官东奔西走，用了3个月时间，总算打听到千里马

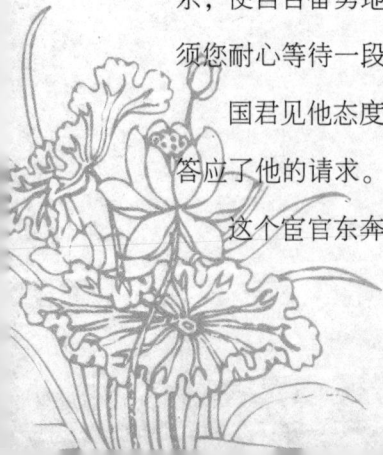

的踪迹。可是当宦官见到那匹马时，马却已经死了。

虽然这是一件令人非常遗憾的事，但是宦官并不灰心。马虽然死了，但它却能证明千里马是存在的；既然世上的确有千里马，就用不着担心找不到第二匹、第三匹，甚至更多的千里马。想到这里，宦官更增添了找千里马的信心。他当即用 500 金买下了那匹死马的头，兴冲冲地带着马头回去面见国君。

宦官见了国君，开口就说："我已经为您找到了千里马！"

国君听了大喜，迫不及待地问道："马在哪里？快牵来给我看！"

宦官从容地打开包裹，把马头献到国君面前。

看上去虽说是一匹气度非凡的骏马的头，然而毕竟是死马！那马惨淡无神的面容和散发的腥臭使国君禁不住一阵恶心。猛然间，国君的脸色阴沉下来。他愤怒地说道："我要的是能载我驰骋沙场、云游四方、日行千里的活马，而你却花 500 金的大价钱买一个死马的头。你拿死马的头献给我，到底居心何在？！"

宦官不慌不忙地说："请国君不要生气，听我细说分明。世上的千里马数量稀少，是不会在养马场和马市上轻易见得到的。我花了 3 个月时间，好不容易才遇见一匹这样的马，用 500 金买下死马的头，仅仅是为了抓住一次难得的机会。这马头可以向大家证明千里马并不是子虚乌有，只要我们有决心去找，就一定能找到；用 500 金买一匹死马的头，等于向天下发

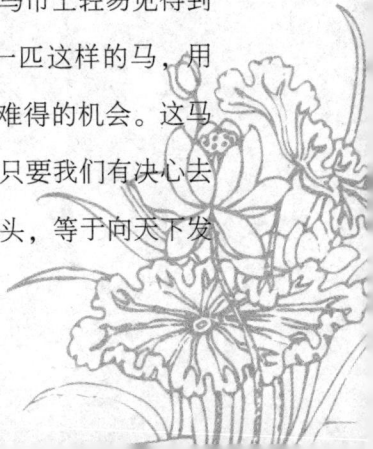

出一个信号。这可以向人们昭示国君买千里马的诚意和决心。如果这一消息传扬开去，即使有千里马藏匿于深山密林、海角天涯，养马人听到了君王是真心买马，必定会主动牵马纷至沓来。"

果然不出宦官所料，此后不到一年的时间，接连有好几个人领着千里马来见国君。

这则寓言通过价值 500 金的马头使众望所归，招至卖马人纷至沓来的故事，说明为了做成一件大事，首先必须要有诚意和耐心。而一个人谋事的决心，不仅仅是反映在口头上，更重要的是应该用实际行动来体现。

人贵有自知之明

齐威王的相国邹忌长得相貌堂堂，身高 8 尺，体格魁梧，十分漂亮。与邹忌同住一城的徐公也长得一表人才，是齐国有名的美男子。

一天早晨，邹忌起床后，穿好衣服、戴好帽子，信步走到镜子面前仔细端详全身的装束和自己的模样。他觉得自己长得的确与众不同、高人一等，于是随口问妻子说："你看，我跟城北的徐公比起来，谁更漂亮？"

他的妻子走上前去，一边帮他整理衣襟，一边回答说："您长得多漂亮啊，那徐先生怎么能跟您比呢？"

邹忌心里不大相信，因为住在城北的徐公是大家公认的美男子，自己恐怕还比不上他，所以他又问他的妾，说："我和城北徐公相比，谁漂亮些呢？"

他的妾连忙说："大人您比徐先生漂亮多了，他哪能和大人相比呢？"

第二天，有位客人来访，邹忌陪他坐着聊天，想起昨天的事，就顺便又问客人说："您看我和城北徐公相比，谁漂亮？"

客人毫不犹豫地说："徐先生比不上您，您比他漂亮多了。"

邹忌如此作了三次调查，大家一致都认为他比徐公漂亮。可是邹忌是个有头脑的人，并没有就此沾沾自喜，认为自己真的比徐公漂亮。

恰巧过了一天，城北徐公到邹忌家登门拜访。邹忌第一眼就被徐公那气宇轩昂、光彩照人的形象镇住了。两人交谈的时候，邹忌不住地打量着徐公。他自觉自己长得不如徐公。为了证实这一结论，他偷偷从镜子里面看看自己，再调过头来瞧瞧徐公，结果更觉得自己长得比徐公差。

晚上，邹忌躺在床上，反复地思考着这件事。既然自己长得不如徐公，为什么妻、妾和那个客人却都说自己比徐公漂亮呢？想到最后，他总算找到了问题的结论。邹忌自言自语地说："原来这些人都是在恭维我啊！妻子说我美，是因为偏爱我；妾说我美，是因为害怕我；客人说我美，是因为有求于我。看起来，我是受了身边人的恭维赞扬而认不清真正的自我了。"

这则寓言告诉我们，人在一片赞扬声里一定要保持清醒的头脑，特别是居于领导地位的人，更要有自知之明，才能不至于迷失方向。

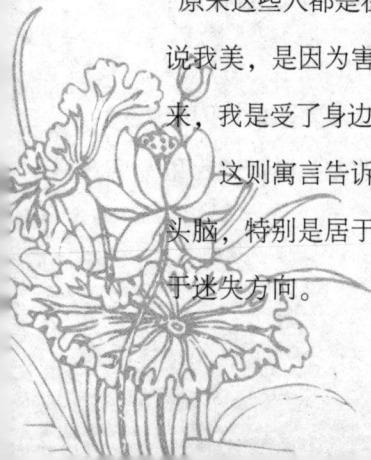

天帝杀龙

墨子在前往北方齐国的路途中，遇见了一位以卜卦算命为业的阴阳先生。

阴阳先生对墨子说："天帝正好是今天在北方屠杀黑龙，而先生的皮肤是黑色的，所以千万不要到北方去。"

墨子没有听信阴阳先生的这一套，毅然继续向北前行。可是在到达山东的淄水南岸后，适逢河水猛涨，无法渡河，于是只好原路返回。

阴阳先生再次见到墨子时，不无得意地炫耀道："我不早就对您说过嘛，先生不要到北方去。现在的事实果然证明，我的预言是正确的。"

墨子对此不以为然，他反驳说："现在是南方的人不能到北方去，北方的人也不能到南方来。其实，他们的肤色各不相

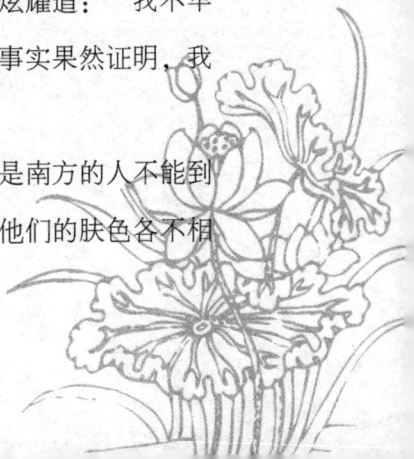

同，有的黑，有的白，为什么都不能如愿呢？这只是因为淄水猛涨形成了阻隔的缘故啊。况且依照你的理论，天帝每逢甲日乙日在东方屠杀青龙，逢到丙日丁日就在南方屠杀赤龙，逢到庚日辛日就在西方屠杀白龙，逢到壬日癸日就在北方屠杀黑龙。如此说来，天下之人就都不能出门远行了。这样做，既违背了人的意愿，又将使得天下空虚，一事无成。所以，你的虚妄之言实在是听不得啊！"

墨子用朴素的唯物主义观点批驳了阴阳先生的迷信妄说，这种建立在尊重科学、尊重事实基础上的大无畏精神，是值得学习和发扬的。

本领不分大小

公孙龙是个有学问的人，他手下有不少弟子，个个都身怀技艺，各有一套本领。公孙龙在赵国的时候，曾对他的弟子们说："我喜欢有学识、有本领的人，没有本领的人，我是不愿和他在一起的。"

有个人听说了公孙龙，便前来求见，要求公孙龙收他做弟子。公孙龙见那人相貌平平，粗布衣帽，便问："我不结交没有本领的人，不知你有什么本领。"

那人说："大的本事我没有，只是我有一副好嗓门，我能喊出很大的声音，使离得很远的人也能听到。一般没有人能像我一样。"

公孙龙回头问他的弟子们："你们中间有没有喊声很大的人？"

弟子们争相回答说："我们都能喊大声。"说着还用眼斜瞟着那个前来求见的人，显出一种不屑的眼神。

那人说："我喊出的大声，非常人可比。"

公孙龙很有兴趣地说："那你们比试比试。"

于是弟子们推选了他们之中声音最大的一个做代表，与那人一起走到五百步开外的一座小丘背后，向公孙龙这边喊话。结果，除了那个人的声音外并不见弟子的半点声响。于是公孙龙把那人收留下来。可是，弟子们依然不免暗暗发笑，喊声大又算什么本领，喊声大派得上什么用场呢？老师是斯文人，难道要找个一天到晚替自己吵架、吼叫的人么？弟子们都不以为然。

过了不久，公孙龙到燕国去见燕王，他带着弟子们上路了。走了一段，不料碰到一条很宽的大河。可是河的这一边见不到船，远远望那河对岸，却停着一只小船，艄公蹲在船尾正无事可干。

公孙龙马上吩咐那个刚收留的大嗓门弟子去喊船。那弟子双手合成喇叭状，放开嗓子大喊一声："喂……要船啦……"喊声亮如洪钟，直达对岸。那对岸船上的艄公闻声站起身来，喊声的余音还在河两岸回响，以致慢慢传到很远很远的地方。

对岸那只船很快摇了过来，公孙龙一行人上了船。原先那些不以为然的弟子深深佩服老师及那位新来的朋友。

看起来，只要是本领，它总有用处，我们不应该排斥或看不起小本领，在关键时刻，小本领也能派上大用场。

宋玉进谗

古时候，楚王手下有个叫作宋玉的大臣。宋玉相貌英俊，穿戴华丽，风流倜傥，又写得一手好文章，深得妇女们的倾慕。

楚王欣赏他的才华，也很宠幸他，给他自由出入后宫的特权，以便宋玉能写出可供宠妃演唱的歌词来。

但是宋玉这个人的品质实在不怎么样，他十分好色，仗着楚王的信赖，常到后宫中和楚王的妃子们接近。日久生情，竟跟妃子们私通起来。天下没有不透风的墙，时间一长，就有些风声走漏出去，影响很不好。

楚国大夫登徒子是个刚直不阿的大臣，他也听到了一些不好的传闻，就去跟楚王进谏说道："大王，宋玉这个人长得很好看，又有一张能说会道的巧嘴，很能讨妇女们的喜欢。他又

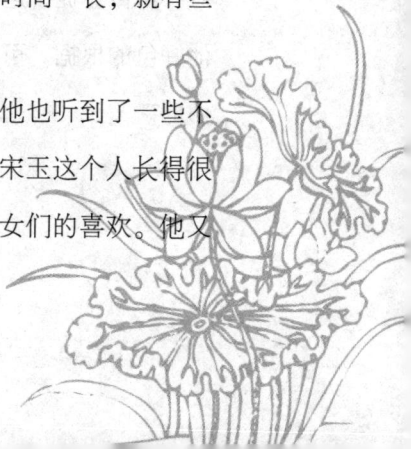

非常好色，是个不能洁身自好的人，您让他这样肆无忌惮地进出后宫，恐怕不太方便，要是万一惹出什么事来，岂不有损王室的威严？还是不要再让他接近妃子们了吧！"

楚王听了，不禁有些心动。

不知怎么的，这件事却传到了宋玉的耳朵里。他勃然大怒，气急败坏地跑到楚王那里，先替自己辩解了一番，说自己实在冤枉，因为才学高才得到楚王的恩宠，所以遭到别人的嫉妒和陷害。接着他便开始说登徒子的坏话，声色俱厉地告诉楚王："其实真正好色的人，正是登徒子本人啊！"

楚王很吃惊，问道："你这样说登徒子，有什么真凭实据吗？"

宋玉得意地说开了："证据确凿！登徒子的老婆是一个非常难看的丑女人，她有一头乱蓬蓬的头发，嘴是三瓣的，牙齿稀疏，弯腰驼背，走起路来是个罗圈腿，东倒西歪。她全身还长满了疥疮。就是这样一个丑到极点的女人，登徒子还十分喜欢她，跟她连生了 5 个儿子，这不正说明他好色到了严重程度了吗？"

可怜登徒子连和他的丑妻感情好这件事都被宋玉用作攻击他好色的根据。可见只要想说一个人的坏话，是不愁找不到理由的。

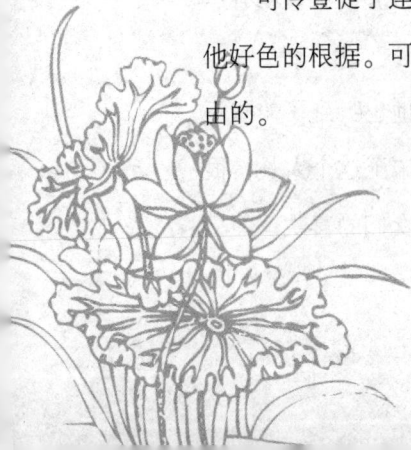

贾人重财

　　济阴的一个商人在过河时翻了船，他只好抓住水中漂浮的一堆枯枝乱草拼命挣扎。

　　一个打鱼的人听到呼救的喊声，立即把船划过去救他。

　　商人看到了缓缓驶来的小船，顿时产生了获救的希望。然而汹涌的河水无情地告诉他，随时都有被淹没的危险。为了抓紧时间死里逃生，商人对着渔夫大声喊道："我是济阴的名门富豪，只要你能救我，我就送给你 100 金！"

　　渔夫使出浑身的力气，抢在商人沉没之前把他救到岸上。

　　可是商人上岸后只给了渔夫 10 金。

　　渔夫对商人说："你不是答应给我 100 金的吗？现在你得救了就只给 10 金，这样做对不对呢？"

　　商人一听变了脸色。他恶狠狠地说道："像你这样的一个

渔夫，往常一天能挣几个钱？刚才一眨眼工夫你就得到了10金，难道还不满意吗？"

渔夫不好跟他争辩，低着头、闷闷不乐地走了。

过了些日子，那个商人从吕梁坐船而下。他的船在半路上又触礁翻沉了。从前的那个渔夫碰巧正在附近。

有人对渔夫说："你为什么不把小船划过去救他呢？"

渔夫答道："他就是那个答应给我酬金，过后却翻脸不认账的吝啬鬼！"说完，渔夫一动不动地站在岸上袖手旁观。不一会儿，那个商人就被河水吞没了。

在这个故事中，商人爱财如命、言行不一和渔夫见死不救的作为，反映出他们缺乏诚信和人道主义精神，都是不可取的。

生木造屋

　　宋国大夫高阳应为了兴建一幢房屋，派人在自己的封邑内砍伐了一批木材。这批木材刚一运到宅基地，他就找来工匠，催促其即日动工建房。

　　工匠一看，地上横七竖八堆放的木料还是些连枝杈也没有收拾干净的、带皮的树干。树皮脱落的地方，露出光泽、湿润的白皙木芯；树干的断口处，还散发着一阵阵树脂的清香。用这种木料怎么能马上盖房呢？

　　所以工匠对高阳应说："我们目前还不能开工。这些刚砍下来的木料含水太多、质地柔韧、抹泥承重以后容易变弯。初看起来，用这种木料盖的房子与用干木料盖的房子相比，差别不大，但是时间一长，还是用湿木料盖的房子容易倒塌。"

　　高阳应听了工匠说的话以后，冷冷一笑。

他自作聪明地说："依你所见，不就是存在一个湿木料承重以后容易弯曲的问题吗？然而你并没有想到湿木料干了会变硬，稀泥巴干了会变轻的道理。等房屋盖好以后，过不了多久，木料和泥土都会变干。那时的房屋是用变硬的木料支撑着变轻的泥土，怎么会倒塌呢？"

工匠们只是在实践中懂得用湿木料盖的房屋寿命不长，可是真要说出个详细的道理，他们也感到为难。因此，工匠只好遵照高阳应的吩咐去办。虽然在湿木料上拉锯用斧、下凿推刨很不方便，工匠还是克服种种困难，按尺寸、规格搭好了房屋的骨架。抹上泥以后，一幢新屋就落成了。

开始那段日子，高阳应对于很快就住上了新房颇感骄傲。他认为这是自己用心智折服工匠的结果。可是时间一长，高阳应的这幢新屋越来越往一边倾斜。他的乐观情绪也随之被忧心忡忡取而代之。高阳应一家怕出事故，从这幢房屋搬了出去。没过多久，这幢房子终于倒塌了。

高阳应的房子没住多久就倒塌的事实说明，我们做任何事情，都必须尊重实践经验和客观规律，而不能主观蛮干。否则，没有不受惩罚的。

齐威王的礼物

齐威王在位的时候，有一年，楚国出兵大举进犯齐国。齐国的兵力远不是楚国的对手，齐威王情急之下，只好派人向赵国求救。

齐王拨出黄金100两，车马10辆作为礼物交给淳于髡，让他带上这些礼物去赵国换取救兵。

淳于髡看着这100两黄金和10辆车马，忽然大笑不止，把头上的帽缨都笑断了。

齐威王被笑得莫名其妙，问淳于髡说："你这样狂笑，是为什么呢？是不是觉得礼物太薄了呢？"

淳于髡忍住笑，回答说："我怎么敢呢！"

齐威王又问："那你为什么如此大笑不止呢？"

淳于髡回答说："我想起了今天早上看到的一件事，觉得

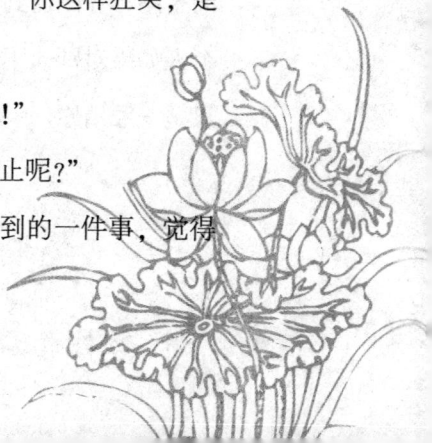

非常好笑。"

齐威王问："什么事？"

淳于髡说："今天一早，我在来上朝的路上，看到一个农夫正跪在路旁祭田。他面前焚着3根香，摆着一小盅酒；他右手举起一只小猪爪，左手打着揖，祈求说：'土地爷啊，请您保佑我好运，让我肥猪满圈，五谷满仓，金银满箱，长命百岁，儿孙满堂，还要保佑我的儿孙个个富裕无比。'我见他祭品寒酸微薄，奢望却比天还高，不由得越想越好笑。"

齐威王听了，顿时恍然大悟，感到很是惭愧。于是，他赶紧命人备好黄金1 000镒，白璧10对，车马100乘，交给淳于髡前往赵国。

淳于髡带上这些东西，连夜奔赴赵国向赵王求援。

赵王接到礼物，迅速派出精兵10万，战车千辆，增援齐国。楚国得知赵国出兵的消息，星夜撤兵回国，齐国因此避免了一次战争的危害。

本来，齐威王企图以一点微不足道的礼物去换取赵国兵马救援，这跟那个吝啬农夫的行为没有什么两样。若不是淳于髡的智慧，齐国遭到的损失就远不是那些礼物的价值了。所以一个人如果对别人不大方，却希望别人对自己十分慷慨，这其实只是一厢情愿。

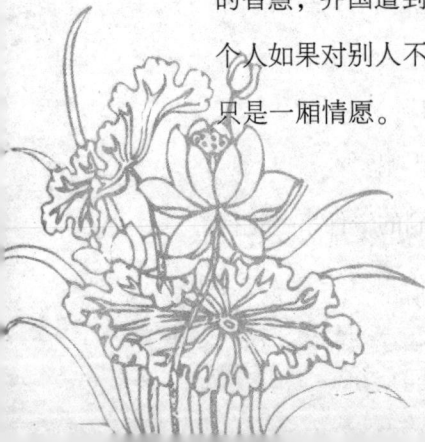

张良与老人

张良是汉高祖刘邦的重要谋臣，在他年轻时，曾有过这么一段故事。

那时的张良还只是一名很普通的青年。一天，他漫步来到一座桥上，对面走过来一个衣衫破旧的老头。

那老头走到张良身边时，忽然脱下脚上的破鞋子丢到桥下，还对张良说："去，把鞋给我捡回来！"

张良当时感到很奇怪又很生气，觉得老头是在侮辱自己，真想上去揍他几下。可是他看到老头年岁很大，便只好忍着气下桥给老头捡回了鞋子。

谁知这老头得寸进尺，竟然把脚一伸，吩咐说："给我穿上！"

张良更觉得奇怪，简直是莫名其妙。尽管张良已很有些生

气，但他想了想，还是决定干脆帮忙就帮到底，跪下身来帮老头将鞋子穿上了。

老头穿好鞋，踩踩脚，哈哈笑着扬长而去。

张良看着头也不回、连一声道谢都没有的老头的背影，正在纳闷，忽见老头转身又回来了。

老头对张良说："小伙子，我看你有深造的价值。这样吧，5天后的早上，你到这儿来等我。"

张良深感玄妙，就诚恳地跪拜说："谢谢老先生，愿听先生指教。"

第5天一大早，张良就来到桥头，只见老头已经先在桥头等候。他见到张良，很生气地责备张良说："同老年人约会还迟到，这像什么话呢？"说完他就起身走了。走出几步，又回头对张良说："过5天早上再会吧。"

张良有些懊悔，可也只有等5天后再来。

到第5天，天刚蒙蒙亮，张良就来到了桥上，可没料到，老人又先他而到。看见张良，老头这回可是声色俱厉地责骂道："为什么又迟到呢？实在是太不像话了！"说完，十分生气地一甩手就走了。临了依然丢下一句话，"还是再过5天，你早早就来吧。"

张良惭愧不已。又过了5天，张良刚刚躺下睡了一会，还不到半夜，就摸黑赶到桥头，他不能再让老头生气了。

过了一会儿，老头来了，见张良早已在桥头等候，满脸高

兴地说："就应该这样啊!"然后,老头从怀中掏出一本书来,交给张良说:"读了这部书,就可以帮助君王治国平天下了。"说完,老头飘然而去,还没等张良回过神来,老头已没了踪影。

等到天亮,张良打开手中的书,惊奇地发现自己得到的是《太公兵法》,这可是天下早已失传的极其珍贵的书呀,张良惊异不已。

从此以后,张良捧着《太公兵法》日夜攻读,勤奋钻研。后来真的成了大军事家,做了刘邦的得力助手,为汉王朝的建立,立下了卓著功勋,名噪一时,功盖天下。

张良能宽容待人,至诚守信,做事勤勉,所以才能成就一番大事业。这也告诉我们,一个人加强自我修养是多么重要。

楚王的宽容

100

　　一次，楚庄王因为打了大胜仗，十分高兴，便在宫中设盛大晚宴，招待群臣，宫中一片热火朝天。楚王兴致高昂，叫出自己最宠爱的妃子许姬，轮流着替群臣斟酒助兴。

　　忽然一阵大风吹进宫中，蜡烛被风吹灭，宫中立刻漆黑一片。黑暗中，有人扯住许姬的衣袖想要亲近她。许姬便顺手拔下那人的帽缨并赶快挣脱离开，然后许姬来到庄王身边告诉庄王说："有人想趁黑暗调戏我，我已拔下了他的帽缨，请大王快吩咐点灯，看谁没有帽缨就把他抓起来处置。"

　　庄王说："且慢！今天我请大家来喝酒，酒后失礼是常有的事，不宜怪罪。再说，众位将士为国效力，我怎么能为了显示你的贞洁而辱没我的将士呢？"说完，庄王不动声色地对众人喊道："各位，今天寡人请大家喝酒，大家一定要尽兴，请

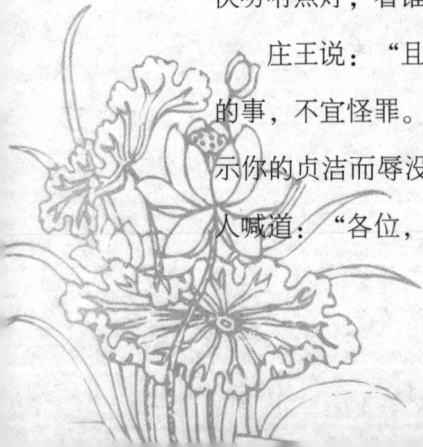

大家都把帽缨拔掉，不拔掉帽缨不足以尽欢！"

于是群臣都拔掉了自己的帽缨，庄王再命人重又点亮蜡烛，宫中一片欢笑，众人尽欢而散。

3 年后，晋国侵犯楚国，楚庄王亲自带兵迎战。交战中，庄王发现自己军中有一员将官，总是奋不顾身，冲杀在前，所向无敌。众将士也在他的影响和带动下，奋勇杀敌，斗志高昂。这次交战，晋军大败，楚军大胜回朝。

战后，楚庄王把那位将官找来，问他："寡人见你此次战斗奋勇异常，寡人平日好像并未对你有过什么特殊好处，你为什么如此冒死奋战呢？"

那将官跪在庄王阶前，低着头回答说："3 年前，臣在大王宫中酒后失礼，本该处死，可是大王不仅没有追究、问罪，反而还设法保全我的面子，臣深深感动，对大王的恩德牢记在心。从那时起，我就时刻准备用自己的生命来报答大王的恩德。这次上战场，正是我立功报恩的机会，所以我才不惜生命，奋勇杀敌，就是战死疆场也在所不辞。大王，臣就是 3 年前那个被王妃拔掉帽缨的罪人啊！"

一番话使楚庄王和在场将士大受感动。楚庄王走下台阶将那位将官扶起，那位将官已是泣不成声。

如果我们都能正确分析问题，从大处着眼，不以眼前小事来干扰我们的心智，有时，坏事能变成好事。

山鸡与凤凰

一个楚国人外出时在路上碰到一个挑着山鸡的村夫。因为这人未见过山鸡，所以一见到长着漂亮羽毛和修长尾巴的山鸡就认定它不是一个俗物。他好奇地问村夫："你挑的是一只什么鸟？"

那村夫见他不认识山鸡，便信口说道："是凤凰。"

这楚人听了心中一喜，并感慨地说道："我以前只是听说有凤凰，今天终于见到了凤凰！你能不能把它卖给我？"

村夫说："可以。"

这楚人出价十金。那村夫想："既然这个傻子把它当成了凤凰，我岂能只卖十金？"当村夫把卖价提高一倍以后就把山鸡卖掉了。

这楚人高高兴兴地把山鸡带回家去，打算第二天启程去给

楚王献"凤凰"。可是谁知过了一夜山鸡就死了。

这楚人望着已经没有灵气的僵硬的山鸡，顿时感到眼前一片灰暗。此刻他脑海里没有一丝吝惜金钱的想法掠过，有的只是不能将这种吉祥神物献给楚王而心痛不已的心情。

这件事一传十、十传百，很快被楚王知道了。虽然楚王没有得到凤凰，但是被这个有心献凤凰给自己的人的忠心所感动。楚王派人把这个欲献凤凰的楚人召到宫中，赐给了他比买山鸡的钱多 10 倍的金子。

虚伪的人竭尽欺诈之能事，而诚实善良的人在不明真相的时候，还是一味以自己的忠诚在对待别人。

仙鹤生蛋

　　有个叫刘渊材的人，性情十分迂腐、古怪，又很爱虚荣。他家里养着两只鹤，只要有客人来家中，他总是既神秘又故意张扬地对客人夸口说："我家养了两只鹤，这可不是一般的鹤，它们是真正的仙鹤呀！人家所有的禽鸟都是卵生的，我养的仙鹤可是胎生的。"

　　这一天，刘渊材家又来了几位客人。他把客人请进屋，一坐下便夸起他那两只"胎生"的仙鹤来。

　　刘渊材话还未说完，一仆人从后园跑来报告说："先生，咱家的鹤昨夜生了一个蛋，好大的蛋呀，跟大鸭梨一般大小呢。"

　　刘渊材的脸色立刻羞得通红，觉得十分难堪。他斜着眼偷偷瞟了客人一下，对着仆人大声喝斥道："奴才胡说，你竟敢

诽谤我的仙鹤呀！仙鹤怎么会生蛋呢？休要在此胡说八道！"

仆人只好没趣地走开了。几个客人站起身说："刘兄，难得您家养着仙鹤，让我们去看看，开开眼界吧。"

刘渊材只好带着客人一同到后园去观看仙鹤。他们来到后园，只见其中一只"仙鹤"正将后腿张开，身体趴在地上。客人们想叫仙鹤站起来，便用拐杖去吓它。不料，那鹤站起身来时，地上又留下了一枚鸭梨大的鹤蛋。

刘渊材的脸色涨得通红，他支支吾吾地自我解嘲，叹着气说："唉！没想到这仙鹤也会败坏仙道，和凡鸟一样了。"

其实，仙鹤只是传说中的鸟，平常我们养的鹤本来就是普通禽类，是卵生的。而这鹤的主人却偏要故弄玄虚，结果当众出丑，搞得十分难堪。

打即是不打

杭州有个书生名叫丘浚。一天，他因事到灵隐寺去见一个名叫珊的和尚。

那和尚正在吃茶休息，眼见来者只是个一般书生，不是当官之人，便对他非常怠慢，爱理不理的，既不让坐也没倒茶，把丘浚凉在一边。

正好这时，杭州刺史的儿子骑着马，带着几个随从进得寺来。那珊和尚一见来人穿戴华贵，前呼后拥，甚是排场阔气，高头大马甚是威风，便换了一副笑脸，忙不迭地起身，恭敬地走下台阶，一直迎到寺外去了。

被冷落在一边的丘浚看到这些，很是不平，心里感到这和尚十分讨厌。

待那刺史的儿子走后，丘浚气愤地质问和尚道："你这人

怎么如此势利眼？见到我来，一副冷冰冰的样子；见到那有钱有势的人来，你便满脸堆笑，十二分地恭敬。我看你简直不像一个出家人！"

和尚却狡辩说："朋友，你不要误会！你不知道，在我这里，怠慢就是不怠慢，不怠慢就是怠慢。所以说，我对你才是真正的热情呢！"

丘浚听了，哈哈笑了起来，说："原来你跟我的习惯一样。"边说边拿起手杖在和尚脑袋上敲了几下说："在我这里，打你就是不打，不打你就是打你，所以我只好打你了！"

和尚挨了几手杖，只好心里后悔。

这个聪明的书生以其人之道还治其人之身，惩罚了那个势利和尚，总算也出了点气。

好谀亡国

　　虢国的国君平日里只爱听好话，听不得反面的意见，在他的身边围满了只会阿谀奉承而不会治国的小人。直至有一天虢国终于亡国，那一群误国之臣也一个个作鸟兽散，没有一个人愿意顾及国君的。虢国的国君总算侥幸地跟着一个车夫逃了出来。

　　车夫驾着马车，载着虢国国君逃到荒郊野外。国君又渴又饿垂头丧气，车夫赶紧取过车上的食品袋，送上清酒、肉脯和干粮，让国君吃喝。国君感到奇怪，车夫哪来的这些食物呢？于是他在吃饱喝足后，便擦擦嘴问车夫：

　　"你从哪里弄来这些东西呢？"

　　车夫回答说："我事先准备好的。"

　　国君又问："你为什么会事先做好这些准备呢？"

车夫回答说："我是专替大王您做的准备，以便在逃亡的路上好充饥、解渴呀。"

国君不高兴地又问："你知道我会有逃亡的这一天吗？"

车夫回答说："是的，我估计迟早会有这一天。"

国君生气了，不满地说："既然这样，为什么过去不早点告诉我？"

车夫说："您只喜欢听奉承的话。如果是提意见的话，哪怕再有道理您也不爱听。我要给您提意见，您一定听不进去，说不定还会把我处死。要是那样，您今天便会连一个跟随的人也没有，更不用说给您吃的喝的了。"

国君听到这里，气愤至极，紫涨着脸指着车夫大声吼叫。

车夫见状，知道这个昏君真是无可救药，死到临头还不知悔改。于是连忙谢罪说："大王息怒，是我说错了。"

两人都不说话，马车走了一程，国君又开口问道："你说，我到底为什么会亡国而逃呢？"

车夫这次只好改口说："是因为大王您太仁慈贤明了。"

国君很感兴趣地接着问："为什么仁慈贤明的国君不能在家享受快乐，过安定的日子，却要逃亡在外呢？"

车夫说："除了大王您是个贤明的人外，其他所有的国君都不是好人，他们嫉妒您，才造成您逃亡在外的。"

国君听了，心里舒服极了，一边坐靠在车前的横木上，一

边美滋滋地自言自语说："唉，难道贤明的君主就该如此受苦吗?"他头脑里一片昏昏沉沉，十分困乏地枕着车夫的腿睡着了。

这时，车夫总算是彻底看清了这个昏庸无能的虢国的国君，他觉得跟随这个人太不值得。于是车夫慢慢从国君头下抽出自己的腿，换一个石头给他枕上，然后离开国君，头也不回地走了。

最后，这位亡国之君死在了荒郊野外，被野兽吃掉了。

如果一个人只爱听奉承话，听不进批评意见，又一味执迷不悟，一意孤行，那后果将是十分可悲的。

110

广 纳 贤 才

管仲是我国古代有名的治国贤才。齐桓公不避前嫌重用管仲，把齐国治理得强盛起来，管仲还辅佐齐桓公成就了一代霸业。这一切，使得齐桓公十分关注有才干的人，他深知人才对于一个国家、一个国君来说是多么重要。他想，光有一个管仲还不行，还需要有更多的像管仲这样的人才行。于是齐桓公决心广纳贤才，他命人在宫廷外面燃起火炬，照得宫廷内外一片红红火火，一方面造成声势，一方面也便于日夜接待前来晋见的八方英才。然而，火炬燃了整整一年，人们经过这里时，除了发些议论或看看热闹外，并无人进宫求见。大臣们只是面面相觑，也不知是什么原因。

有一天，竟然来了一个乡下人在宫门口请求进去见齐桓公。

门官问乡下人：“你有何才干求见大王？”

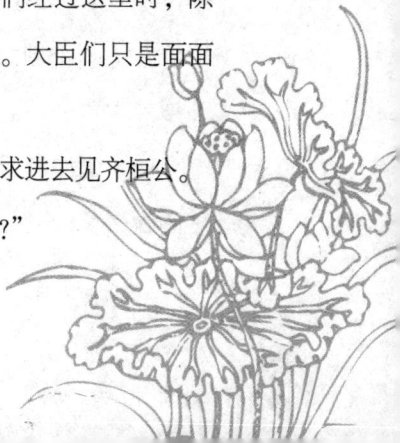

乡下人回答说：“我能熟练地背诵算术口诀，我希望大王接见我。”

门官报告了齐桓公。齐桓公觉得十分好笑，背诵算术口诀算什么才能？于是让门官回复乡下人说：“念算术口诀的才能太浅陋了，怎么可以接受国君的召见呢？回去吧。”

乡下人不卑不亢地说：“听人们说，这里的火炬燃烧了整整一年了，却一直没有人前来求见，我想，这是因为大王雄才大略名扬天下，各地贤才敬重大王希望为大王出力，又深恐自己的才干远不及大王而不被接纳，因此不敢前来求见。今天我以念算术口诀的才能来求见大王，我这点本事的确算不了什么，可是如果大王能对我以礼相待，天下人知道了大王真心求才、礼贤下士的一片诚意，何愁那些有真才实学的能人不来呢？泰山就是因为不排斥一石一土，才有它的高大；江海也因为不拒绝涓涓细流、广纳百川，才有它的深邃。古代那些圣明的君王，也要经常去向农夫樵夫请教，集思广益，才会使自己更加英明起来啊！”

齐桓公听了乡下人的这一番话，被深深打动，认为乡下人说得太有道理了，于是马上以隆重的礼节接见了他。这件事很快传开了，不到一个月时间，各地贤才纷纷前来，络绎不绝。齐桓公大为高兴。

一个统治者若真心求贤，就必须有诚意、礼贤下士，以宽广的胸怀接纳人才。

照抄呈文

东汉恒帝在位的时候，有个有钱人想谋个一官半职当当，一来是为了威风威风，二来也好借权多弄些钱财。于是他狠了狠心，拿出一笔数目可观的钱来打通关节，果然如愿以偿，得到了一个在太守衙门里当属官的职位。他穿上官服，戴上官帽，趾高气扬地走来走去，心里非常得意。

这个有钱人得意了没几天，就遇到难题了：有一篇奏事的呈文必须由他写，然后交给太守审阅。他以前一直过着衣来伸手、饭来张口的懒汉生活，从没想过要去学习，什么都不会，这回要叫他写呈文，可使他为难了。

这个人着急地在家里踱来踱去，整天都吃不下饭、喝不下水，只是愁眉苦脸地叹气。

他妻子见他这样，就给他出主意说："邻居张三念过几年

书，认识不少字，你去求他帮你写一篇，不就行了？"

这人一拍脑袋："对呀，我怎么没想到呢？"

他急急忙忙地跑到张三家，央求张三说："老兄啊，这回你可真要帮帮我呀！你也知道我没认真读过书，哪里会写什么呈文，要是太守怪罪下来，那就不得了了！"

张三听了搔搔后脑勺，想了想说："不是我不帮你，我实在也不会写这种文章。这样吧，我听说很多年前有个叫葛龚的人，他的奏事呈文写得很好，你就去照他写的抄一篇吧，用不着再费脑筋了。"

这个人听了大喜过望，赶紧回去把古书翻了一个遍，总算找到了葛龚写的文章。他不管三七二十一地抄将起来，连一个字都不改，原封不动地照抄下来。到最后，他抄顺了手，竟然忘了改呈奏者的名字，将"葛龚"二字也抄上了。

第二天，他把呈文交给太守。太守看了，气得吹胡子瞪眼，一句话也说不出来，马上就把他给罢免了。

这个人不学无术，靠生搬硬套别人的东西来蒙混过关，终究是要露出马脚来的。我们要吸取他的教训，平时刻苦学习，认真钻研，遇事不要不懂装懂，靠自己的真才实学办事，才能够获得成功。

巫师的诚与灵

古时候楚国人风行求神敬仙的祭祀活动。无论是为了让家里人除病消灾，还是为了让天下风调雨顺，楚国人都要摆上筵席，请来巫师，祈求上天显灵。

当时的荆楚乡间曾出过一个名噪一时的巫师。他每次主持祭祀活动，只求乡人备办一些普通的祭品，而自己则以饱满的激情、虔诚的态度和祈祷的歌舞去迎神送神。其结果非常灵验，他一次又一次使求神治病的人恢复了健康；使盼望丰收的人得到了好年成。人们因此而把这个巫师看做神的使者，遇事都争着去请他来帮助解决。

过了几年之后，这个巫师在祭祀前向乡民们提出的要求起了变化。他让人准备的祭品是满桌鲜肥的牛羊肉和整坛的好酒。可是人们满足了他的这些要求后却得不到相应的回报。巫

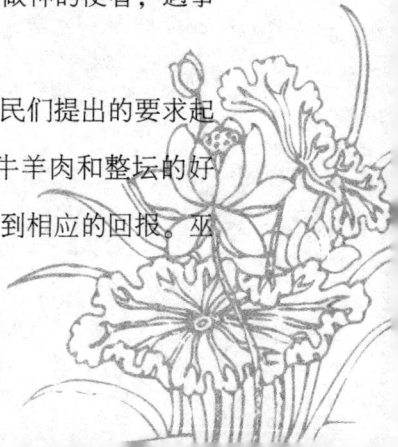

师的祭祀越来越不灵验了。祈求治病的人常常在祭祀以后不久就死了；祈求五谷丰登的人得到的往往是饥荒。乡民们对此都感到非常气愤，然而却弄不明白这里面的原因。

有一个人见大家迷惑不解，七嘴八舌地对巫师议论纷纷，于是走上前去点拨他们。这个人对乡民们说："前些年我曾到这个巫师的家里去过。那时他家里人少、负担轻，他心里没有什么牵挂，所以祭祀的时候内心虔诚、精神专注。他每次祭祀完了不求从祭品中牟取好处，而是把祭品全部分给大家。神灵见了这样的巫师还有不应许降福的道理吗？然而现在他生养了一群子女，为了满足他们日益增长的衣食上的需要，这个巫师每次都把祭品拿回自己的家中。既然他的祭祀仅仅是为了收取好处，对神灵已经失去了虔诚的信仰，那么神灵怎么会来享受祭品的香气，并降福于我们呢？由此看来，这个巫师现在祭祀不显灵，并不是因为他由从前的神明变成了如今的愚蠢，而是因为他一心牵挂着自己的私事，没有真情顾及他人的缘故。"

这个故事用前后不同的巫师形象和祭祀效果告诉人们，一个人只有排除私心杂念，才能尽职尽责地搞好工作，从而为社会作出贡献。

盲人坠桥

一个瞎子过桥的时候不慎把脚踩出了桥面。他身体一倾，几乎栽倒在桥下。幸好桥栏杆上的横木挡了他一下，于是他用双手抓住了栏杆，而身体却悬在半空中。

瞎子以前曾不止一次在这座桥上走过。尤其是在那春雨过后、山洪暴发的日子，他过桥时听到桥下哗哗作响的流水声，真有点毛骨悚然、胆战心惊。可是这一次瞎子过桥，正值秋高气爽、小河断流的季节。一般的人过桥看得见桥下干涸的河床，走在桥上有走旱路的感觉。然而瞎子却没法看到河中的情形，他凭以往的经验判断，认为桥下必定是水流湍急的深渊。因此，他失脚以后使出了浑身的力气抓住桥栏杆不放，一边奋力挣扎着试图爬上桥去，一边急切地希望得到他人的救助。

当时从桥上经过的人，看到瞎子抓着桥栏杆有惊无险、盲

目恐慌的情景，既好笑又怜悯地指点他说："用不着害怕，你双脚离地不远，松手就可以着地。"

瞎子不相信这话。他心里想："不肯拉我一把，却要我松手掉下去，这不是存心坑人吗？"想到这里，他不禁绝望地大哭起来。

不一会儿，瞎子力气耗尽，两手一滑，身体坠了下去。出乎瞎子想像的是，他还没有来得及感受空中失重、丧魂落魄的投河悲哀，顷刻之间双脚就触到了地。以至于他落地以后身体打了一个趔趄才站稳了脚跟。原来这桥下真如那路人说的一样，一点水都没有。瞎子这时才松了一口气。他有点不好意思地笑着说："早知道这桥不高，下面没有水，我就不会吊在栏杆上吃苦头了。"

瞎子因看不见路而坠桥，并不是一件可笑的事。瞎子心目中关于坠桥危险和人们会扶危济困的合理想法被桥不高、河已干的特殊环境所扭曲，这才成了虚惊一场的笑料。这一现象告诉我们，建立人与人之间的完全信赖并不是一朝一夕所能办到的事。

藏 贼 衣

　　有个小偷，想去偷点东西来换些吃喝。一天夜里，他找来找去，专盯着大户人家下手。可是，那些大户人家的门上都上着大锁，结实极了，他怎么也弄不开。

　　转来转去，这小偷终于找到一户人家，两扇门板破破烂烂的，不费多大工夫，小偷就打开门进到屋里了。他东翻翻、西看看，到处寻找值钱的东西。可是这一家实在是一贫如洗，除了些破桌椅烂抹布，简直找不出一样可以换钱的东西。小偷不由得倒抽一口凉气，暗自叫苦：唉，我的天！我怎么倒霉成这样，这家人简直太穷了，根本没什么可偷的，叫我白费了这么多工夫和力气！

　　要空手回去，小偷实在是不甘心，他继续四下里仔细搜寻，一双贼眼滴溜溜乱转。过了一会儿，他果然有所发现——

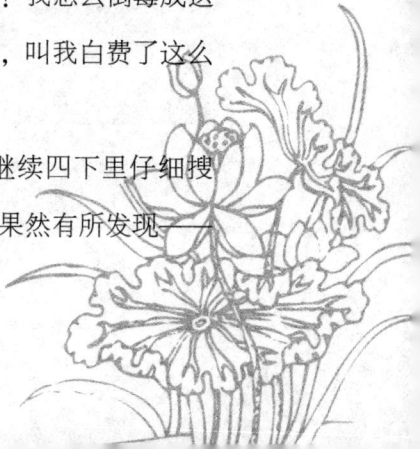

床头放着一坛米。小偷思忖道：没法子，就把这米拿回去煮饭吃吧。可是如果连坛子一起抱回去太重了，既不方便又可能拿不动，还容易让人起疑心……哎，对了，不如这样……

小偷一拍脑袋，计上心来。他脱下外衣铺在地上，然后回过身子去取米，想把米倒在衣服上包走。

小偷闹腾了这许久，将床上睡着的丈夫吵醒了。借着照进屋里的月光，丈夫瞧见了企图偷米的小偷，生气极了：这个坏蛋，我家里这么穷，他竟然连唯一的一坛米都不放过。

本想大声叫抓贼，又怕贼一时急了伤人，怎么办呢？丈夫悄悄一伸手，把小偷铺在地上的衣服拿起来，藏进被子里面。小偷取了米，回头却发现衣服不见了，又急又恼。

这时，妻子也醒了，惊慌万分地问丈夫："房里窸窣作响，是不是有贼呀？"

丈夫回答说："我醒了半天了，哪里会有贼呢？"

小偷听见这夫妻俩的对话后，忙高声喊道："我的衣服，才放在地上，就被贼偷了，怎么还说没有贼呢？"

这时邻居们全被吵醒了，听到这家喊"贼"的声音，纷纷跑过来抓，小偷来不及逃跑，只得束手就擒。

小偷竟然忘了自己的身份，贼喊捉贼，暴露了目标，终于被擒。凡是丧尽良心算计别人的人，到头来只会算计了自己。

柳季与岑鼎

从前，鲁国有个宝贝，叫作岑鼎。这只岑鼎形体巨大，气势宏伟雄壮，鼎身上还由能工巧匠铸上了精致美丽的花纹，让人看了有种震慑心魄的感觉，不由得赞叹不已。鲁国的国君非常看重和珍爱岑鼎，把它看作镇国之宝。

鲁国的邻国齐国幅员广阔、人口众多，国力很是强盛。为了争夺霸权，齐国向鲁国发起了声势浩大的进攻。鲁国较弱，勉强抵挡了一阵就全线溃败了。鲁国国君只得派出使者，去向齐国求和，齐国答应了，但是有个条件：要求鲁国献上岑鼎以表诚意。

鲁国的国君很是着急，不献吧，齐国不愿讲和；献吧，又实在舍不得这个宝贝，如何是好呢？

正在左右为难之际，鲁国有个大臣出了个主意："大王，

齐人从未见过岑鼎，我们何不另献一只鼎去，量他们也不会看得出来。这样既能签订和约，又能保住宝贝，难道不是个两全之策吗？"

"妙啊！"鲁国国君拍手称是，大喜道，"就照你说的这么办！"

于是，鲁国悄悄地换了一只鼎，假说是岑鼎，献给了齐国的国君。

齐国国君得了鼎，左看右看，总觉得这只鼎虽也称得上是巧夺天工，但似乎还是不如传说中那样好，再加上鲁国答应得这样爽快，自己又没亲眼见过岑鼎，这只鼎会不会是假的呢？又能用什么方法才能验证它的真伪呢？要是弄得不好，到手的是一只假鼎，不仅自己受了愚弄，齐国的国威也会大大受损。他思前想后没有法子，只得召集左右一块儿商量。

一位聪明又熟悉鲁国的大臣出点子说："臣听说鲁国有个叫柳季的人，非常诚实，是鲁国最讲信用的人，毕生没有说过半句谎话。我们让鲁国把柳季找来，如果他也说这只鼎是真的，那我们就可以放心地接受鼎了。"

齐王同意了这个建议，派人把这个意思传达给了鲁国国君。

鲁国国君没有别的路可走，只得把柳季请来，对他把情况讲明，然后央求他说："就请先生破一回例，说一次假话，以保全宝物。"

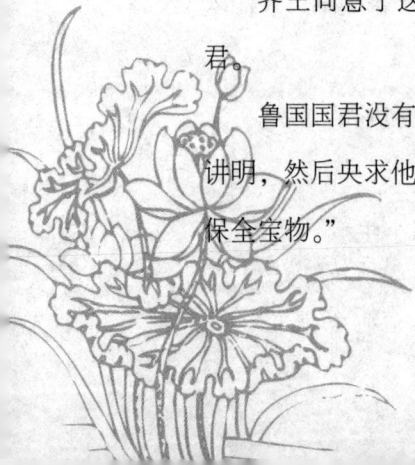

柳季沉思了半晌,严肃地回答道:"您把岑鼎当作最重要的东西,而我则把信用看得最为重要,它是我立身处世的根本,是我用一辈子的努力保持的东西。现在大王想要微臣破坏自己做人的根本,来换取您的宝物,恕臣不可能办到。"

鲁国国君听了这一番义正辞严的话,知道再说下去也没有用了,就将真的岑鼎献给了齐国,签订了停战和约。

柳季如此守信用,实在是一种难能可贵的好品质。他用实际行动告诉我们:诚实信用是无价的,任何宝贝都不能与之相比。无论何种情况下,我们都不能放弃做人的根本。

不相称的伙伴

鳄鱼爬到河边上，一只水鹬飞来给它剔牙齿，这在它们是习以为常的事。

鳄鱼安静地伏着，半闭着眼睛，张开口，水鹬用它的尖利的嘴，轻巧地剔除鳄鱼牙缝里面的残渣，啄掉牢固地叮在牙龈上的水蛭。这时候，鳄鱼总是激动得眼泪双流。

"我亲爱的朋友，"鳄鱼流着泪水说，"你给了我很大的帮助，啄掉了我牙缝里那些该死的水蛭。给我啄吧，我不会薄待你的。我没有忘记在牙缝里给你留下一些食物的残渣，让你吃得很饱。我们的友谊是牢不可破的，我们的关系是建立在真正平等互利的基础上的。"

"您太谦虚了，"水鹬说，"我作为您的伙伴是很不够格的。主要是您对我的恩惠，使我得到这么丰美的食物。如果我

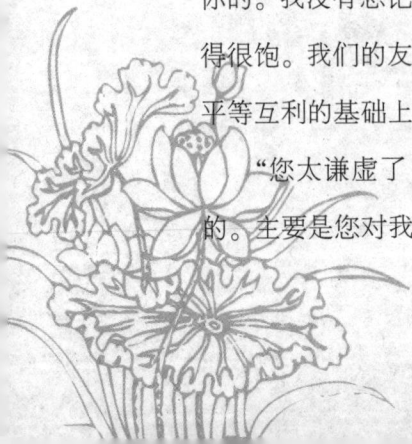

的服务能使您满意的话，我将感到非常的荣幸。"

它们就这样结成了亲密的伙伴。

有一天，水鹬剔完鳄鱼的牙齿以后，鳄鱼问道："我的朋友，你吃饱了没有？"

"谢谢您，"水鹬说，"我已经很饱了。"

"但是我却很饿，"鳄鱼说，"我还没有吃午餐呢！"

"真的？"水鹬非常同情地说，"这可怎么办呢！您给了我这么多吃的，很抱歉，我却没有一点办法帮助您。"

"不，"鳄鱼说，"你是很有用的，现在只有你能够帮助我。——来，你再来给我看看里边这个牙齿，这儿似乎还有一条水蛭！"

水鹬小心翼翼地伸过头去。鳄鱼用非常利索的动作，一张口就把水鹬衔住了，连脚尖尾巴也没有露出一点在嘴外面。它不动声色地闭着嘴巴，并不担心它的朋友会有什么挣扎或抗议，它知道，它们的友谊保证了不会发生这一切。现在它只是用它的慈悲的眼睛，十分警觉地侦视着四周，希望不致惊动可能同它合作的新伙伴。

豹将军出征

虎王派豹将军出征，传来了不幸消息说，豹将军因身负重伤不治，已经尸横战场。

朝廷大臣纷纷议论。

熊太师说："豹将军生性粗暴，有勇无谋，根本就不是将才！"

狐丞相说："豹将军残害生灵，草菅人命，我早就知道他是没有好下场的！"

狼御史说："豹将军奸淫掳掠，无恶不作，是个国人皆曰可杀的花花太岁，我正想参他一本，拿他法办。死在战场上，算是便宜了他！"其他官员也都指出了豹将军的种种劣迹。

不久，豹将军派信鸽送来捷报，说是豹将军身先士卒，虽身负重伤，仍英勇杀敌，已经大获全胜，即将班师回朝。熊太

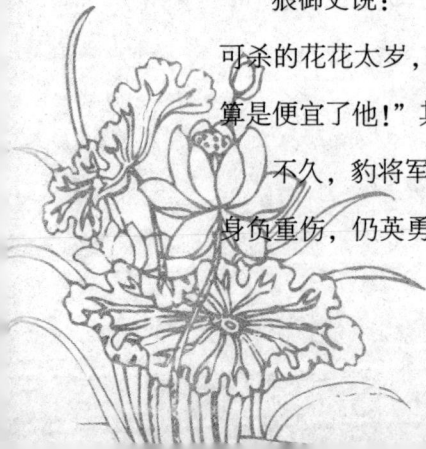

师、狐丞相、狼御史闻讯立即到京城百里以外去迎接。

见到了豹将军后，熊太师说："豹将军迂回包围，深入敌后，首歼敌酋，智勇双全，真是举世无双的将才！"

狐丞相说："豹将军军纪严明，恩威并济，我早就知道您是会旗开得胜的！"

狼御史说："豹将军威风凛凛，仪表堂堂，使得敌人闻风丧胆。我一定向虎王奏上一本，请虎王晋升您为总领兵马大元帅！"其他官员也都对豹将军赞扬备至。

豹将军和不远百里出城欢迎的大臣们一一握手，连声称谢，嘴角却浮着一丝不易察觉的带有嘲弄意味的微笑，因为他深知：如果他打了败仗或是阵亡了，这些家伙一定会大嚼舌头的。

大鹏与焦冥

晏子是齐国有名的贤相，很有学问，足智多谋，善于讽喻又敢于直谏，经常跟齐王一起议论国家大事或谈论学问。

有一天，齐景公和晏子坐在一起聊天。齐景公问晏子说："天下有极大的东西吗？"

晏子回答说："有哇。大王想要我说给您听吗？"

齐景公说："我想知道天底下最大的生灵是什么？"

晏子说："在北方的大海上，有个叫大鹏的鸟，它的脚游动在云彩之中，背部高耸入青天，而尾巴则横卧在天边。大鹏在北海中跳跃着啄食，它的头和尾就充塞在天和地之间。它的两个宽大的翅膀一伸展，就无边无际看不到尽头。"

齐景公惊奇地说："真是不可想象！不可想象！那么，天下有没有极小的生灵呢？"

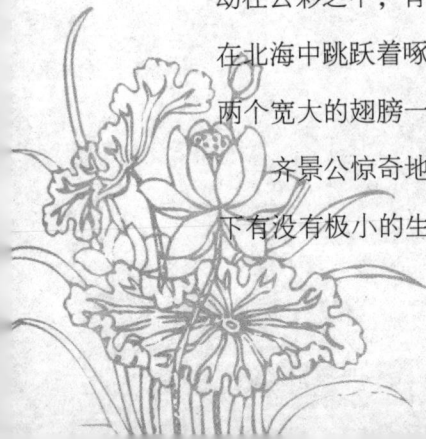

晏子回答说："当然有。东海边有一种小虫，它小到可以在蚊子的眼睫毛上筑巢。这种小虫子在巢里一代一代地繁衍生息。它们经常在蚊子的眼皮底下飞来飞去，可是蚊子连丝毫的感觉也没有。"

齐景公说："太妙了，我从来没有听说过这种新奇的事，那是什么虫子呀？"

晏子说："我也不知道它确切的名字叫什么，只听说东海边有些渔民称这种虫子为'焦冥'。"

齐景公十分感慨地说："世界之大，真是无奇不有啊！"

大鹏和焦冥，是先人们想象中的极大和极小的生灵。宇宙中物质的存在和运动，形式是极其复杂、多样的，因此，我们对世界的认识和对知识的追求也是永无止境的。

望洋兴叹

绵绵秋雨不停地下着，百川的水都涨满了流入了黄河。水势之大，竟漫过了黄河两岸的沙洲和高地，河面越来越宽阔，已经看不清对岸的牛马了。河神见状欢欣鼓舞，他自我陶醉，以为天下美景已尽收自己的流域。

河神洋洋得意地顺流东下，到达北海。河神朝东望去，只见一片汪洋，看不见边际，这使他顿时大吃一惊，一扫洋洋自得的神情。

他眺望无边的海不禁大发感慨："俗话说的真是好，只有见识短浅的人，才认为自己高明。这说的正是我这类的人啊！"

一番反思，河神想到："曾有人说过，即使是孔子的见闻与学识也还是有限的，伯夷的高尚品德也没能达到顶点。那时

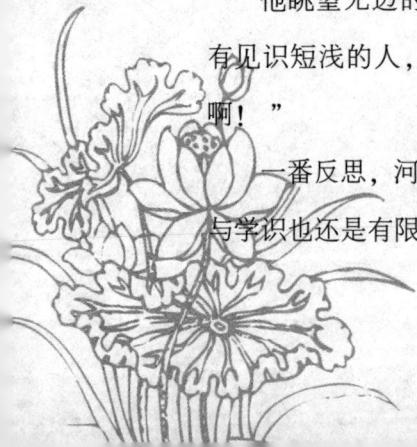

我并不相信这样的评价。今天我看到坦荡无垠的海神如此浩瀚广博,一望无际。在事实面前我才明白这话讲得对。要不,我的所作所为定会被深明大义的贤者所笑话。"

听完河神的一番自省,海神开口了。他说:"井里的青蛙由于受自身居住环境的限制,不可以同他讲大海;夏天的昆虫受季节的局限,不可以同他说冬天;见识浅的人孤陋寡闻,受教育有限,不会听懂大道理。现今,你河神走出河流两岸,眺望大海,开阔了眼界,知道自己渺小浅薄,我才能同你谈谈大道理。"

世界是无限的,人们对世界的认识也是无止境的。知道少的人,往往以为自己不知道的也少;知道多的人,才会懂得自己不知道的也多。自我满足是知识浅薄、眼光短浅造成的。

神鸟与猫头鹰

　　庄子的好朋友惠施被封为魏国的宰相后，庄子很为自己的朋友高兴，启程去访见惠施。

　　庄子的行动传到小人那儿，他便歪曲庄子的来意，从中挑拨说，庄子此番进京拜访，来者不善，意在谋取相位。惠施一听，心里十分恐慌，害怕丧失官位，于是下令搜捕庄子。为了抓到庄子，整整在国都搜查了三天三夜。

　　惠施的举动被庄子知道了，庄子索性主动登门求见。惠施见庄子竟敢自投罗网，吃惊不已。

　　庄子也不向惠施多解释，只是坐下来讲了一个故事：

　　在南方，传说中有一种神鸟，与凤凰同类，名叫鹓鶵。它从南海出发飞往北海，在途中，若不见高高的梧桐树，绝不栖息；不是翠竹与珍稀的果实，绝不食用；不遇甘甜的泉水，绝

不畅饮。

神鸟一路飞翔。它在天空看见地面上有只猫头鹰，正在啄食一只腐烂的死鼠。猫头鹰饥不择食，看见头顶上的神鸟后，以为是来抢食死鼠的，于是涨红了脸，羽毛竖起，怒目而视，作出决一死战的架势。它见神鸟仍在头顶飞翔，便对着它声嘶力竭地发出吓人的喝叫！

庄子把猫头鹰遇到神鸟的故事讲完后，坦然地走到惠施面前，笑着问他："今天，您获取了魏国相位，看见我来了，是不是也要对我恫吓一番呢？"说完，庄子放声大笑，拂袖而去。

有远大志向的人追求高洁却不被世俗小人理解，贪求利禄的小人用阴暗的心理来猜测人格高尚者的行为，真可谓以小人之心度君子之腹。寓言讽刺鞭挞了权迷心窍的人。

濮水垂钓

庄子在河南濮水悠闲地垂钓。

楚威王闻讯后，认为庄子到了自己的国境内，真是机会难得，于是速派两位官员赶赴濮水。

来者向庄子传达了楚威王的旨意，邀请庄子进宫，愿将楚国的治理大业拜托给庄子。

庄子手持钓竿听毕楚王的意图后，头也不回。

他眼望着水面沉思片刻，说："楚国有神龟，死去已有三千年。楚王将它的骨甲装在竹箱里，蒙上罩子，珍藏在太庙的明堂之上供奉。请问：对这只神龟来讲，它是愿意死去遗下骨甲以显示珍贵呢，还是宁愿活着，哪怕是在泥塘里拖着尾巴爬行呢？"

两位来使听完庄子的一番发问，不加思索地回答："当然

是选择活着，宁愿在泥塘生存。"

庄子见他们回答肯定，便回过头悠然地告诉两位官员："有劳两位大夫，请回禀楚王吧，我选择活着！"

这篇寓言表现了庄子的人格高洁，不为徒有其表的名声、权势而放弃生命自由。人生最可贵的是生命，生命最可贵的是自由。

大道无处不在

　　东郭子向庄子请教道家所谓的"道"究竟存于何处，庄子简单而明确地告诉他："大道无处不在。"

　　东郭子似乎对这一回答并不满意，他希望庄子能具体指出"道"在何方。

　　庄子于是说："'道'就在蝼蛄和蚂蚁中间。"

　　东郭子不解地问："'道'怎么会在这么卑微的生物中间存在呢？"

　　庄子接着说："'道'还存在于农田的稻谷和稗草之中。"

　　东郭子更糊涂了："这不是越发低贱了么？"

　　庄子仍然不紧不慢地说："怎么能说这是低下呢？其实，'道'还存在于大小便里哩。"

　　东郭子以为庄子是在戏弄他，便满脸不高兴地闷坐在一

旁，再也不作声了。

庄子知道东郭子产生了误会，便耐心地对他解释："您再三追问'道'存在于什么地方，但这个问题并不是'道'的本质。因为我们不可能在某一个具体事物中去寻找'道'。大道无处不在，万事万物都蕴含着'道'的规则，并无贵贱之别。"

庄子的理论说明，世间万物在生存的意义上都得遵循生存的规律，彼此并无高下尊卑之别。而有些人在生活中往往要刻意去分辨贵贱并分别待之，这只能暴露出自己的浅薄与无知。

任公子钓大鱼

古代有一位任公子，胸怀大志，为人宽厚潇洒。

任公子做了一个硕大的钓鱼钩，用很粗很结实的黑绳子把鱼钩系牢，然后用 15 头阉过的肥牛做鱼饵，挂在鱼钩上去钓鱼。

任公子蹲在高高的会稽山上，把钓钩甩进了宽阔的东海里。一天一天过去了，没见什么动静，任公子不急不躁，一心只等大鱼上钩。一个月过去了，又一个月也过去了，毫无成效，任公子依然不慌不忙，十分耐心地守候着大鱼上钩。一年过去了，任公子没有钓到一条鱼，可他还是毫不气馁地蹲在会稽山上，任凭风吹雨打，信心依旧。

又过了一段时间，突然有一天，一条大鱼游过来，一口吞下了钓饵，即刻牵着鱼钩一头沉入水底。它咬住大鱼钩疼得狂

跳乱奔，一会儿钻出水面，一会儿沉入水底。只见海面上掀起了一阵阵巨浪，如同白色山峰，海水摇撼震荡，啸声如排山倒海。大鱼发出的惊叫如鬼哭狼嚎，那巨大的威势让千里之外的人听了都心惊肉跳、惶恐不安。

任公子最后终于征服了这条筋疲力尽的大鱼。他将这条鱼剖开，切成块，然后晒成肉干，分给大家共享。从浙江以东到苍梧以北一带的人，全都品尝过任公子用这条大鱼制作的鱼干。

多少年以后，一些既没本事又爱道听途说、评头品足的人，都以惊奇的口气互相传说着这件事情，似乎还大大表示怀疑。因为这些眼光短浅、只会按常规做事的人，只知道拿普通的鱼竿，到一些小水沟或河塘去，眼睛盯着鲵鲋一类的小鱼。他们要想像任公子那样钓到大鱼，当然是不可能的。

目光短浅的人难以和志向高远的人相比，浅陋无知的人也不能和具有经世之才的人相提并论，因为二者的差别实在太大了。

游水之道

有一次，孔子带着他的几个学生到吕梁游览观赏美妙的大自然景色。

只见那吕梁的瀑布飞流而下，从三千仞高处直泻下来，溅起的水珠泡沫直达 40 余里以外。瀑布下来冲成一条水流湍急的河，在这里，就连鼋鱼、鼍鳖这一类水族动物都不敢游玩出没。突然，孔子却突然发现一个汉子跳入水中畅游。孔子大吃一惊，以为这个汉子有什么伤心事欲寻短见，于是，他立即叫自己的学生顺着水流赶去救那个人。

不料，那汉子在游了几百步远的地方却又露出了水面，上得岸来，披着头发唱着歌，在堤岸边悠然地走着。

孔子赶上前去，诚恳地问他说："我还以为你是个鬼呢，仔细一看，你实实在在是个人啊！请问，游水有什么秘诀

吗？"

那汉子爽快地一笑说："没有，我没有什么游水的秘诀，我只不过是开始时出于本性，成长过程中又按照天生的习性，最终能达到一种境地是因为一切都顺应自然。我能顺着漩涡一直潜到水底，又能随着漩涡的翻流而露出水面，完全顺着水流的规律而不以自己的生死得失来左右自己的行为，这就是我游水游得好的道理。"

孔子又问道："什么叫做开始出于本性，成长中按照天生的习性，而有所成就是顺应自然呢？"

那汉子回答说："如果我生在丘陵，我就去适应山地的生活环境，这叫做出自本来的天性，如果长在水边则去适应水边的生活环境，这就是成长顺着生来的习性；不是有意地去这样做却自然而然地这样做了，这就叫顺应自然。"

孔子听了汉子的一番话，若有所悟地点头而去。

聪明的人之所以有智慧，就在于他能找到生活中的规律并掌握规律，因此做什么事都会得心应手，并且能达到出神入化的境地。

东野稷驾马车

东野稷十分擅长于驾马车。他凭着自己一身驾车的本领去求见鲁庄公。鲁庄公接见了他，并叫他驾车表演。

只见东野稷驾着马车，前后左右，进退自如，十分熟练。他驾车时，无论是进还是退，车轮的痕迹都像木匠画的墨线那样的直；无论是向左还是向右旋转打圈，车辙都像木匠用圆规划的圈那么圆。

鲁庄公大开眼界。他满意地称赞说："你驾车的技巧的确高超。看来，没有谁比得上你了。"说罢，鲁庄公兴致未尽地叫东野稷兜了一百个圈子再返回原地。

一个叫颜阖的人看到东野稷这样不顾一切地驾车用马，于是对鲁庄公说："我看，东野稷的马车很快就会翻的。"

鲁庄公听了很不高兴。他没有理睬站在一旁的颜阖，心里

想着东野稷会创造驾车兜圈的纪录。但没过一会儿，东野稷的马果然累垮了，它一失前蹄，弄了个人仰马翻。东野稷因此扫兴而归，见了庄公很是难堪。

鲁庄公不解地问颜阖说："你是怎么知道东野稷的马要累垮的呢？"

颜阖回答说："马再好，它的力气也总有个限度。我看到东野稷驾的那匹马力气已经耗尽，可是他还要让马拼命地跑。像这样蛮干，马不累垮才怪呢。"

听了颜阖的话，鲁庄公也无话可说。

世间万物，其能力总有一个限度。如果我们不认真把握这个限度，只是一味蛮干或瞎指挥，到时候只会弄巧成拙或碰钉子。

鲁侯养鸟

我国古代的那些国君，在他们自己的国家里都是有着至高无上的地位。他们每天接受着至尊的膜拜，欣赏着最美妙的音乐，吃着最讲究最丰盛的食物。这些人养尊处优，却不见得有多少过人的智慧。

有一天，一只巨大的鸟飞落在鲁国都城的附近。这是一只海鸟。它的头抬起的时候，身高达 8 尺，样子长得很漂亮，很像传说中的凤凰。因此，人们都把它当做神鸟。

鲁国国君听了臣属关于这只大海鸟的汇报，决定以盛大的礼节郑重其事地迎接它。

鲁侯在宗庙里毕恭毕敬地设酒宴招待海鸟。鲁侯命宫廷乐师奏起了最高级的《九韶》曲。这是舜帝时在最隆重的场合下才演奏的乐曲，共有九章。他又派人给海鸟摆满最上等、最神

圣的"大牢"供品做食物，这些食物就是用很大的盘子盛着烤熟的全牛、全羊和全猪。

鲁侯侍立在海鸟旁边，诚心诚意地请它食用。

海鸟看到这莫名其妙的场面，被吓得有些发呆。它离开了辽阔的大海，失去了宝贵的自由，看着面前纷乱的人世，只觉得头昏眼花，充满了惊恐和悲伤。海鸟始终不敢吃一块肉，不敢饮一杯酒。三天之后，它便在极度的惊吓忧郁中死去了。

鲁侯十分沮丧，还不知道自己到底错在何处。

其实，鲁国国君这是用供养自己的一套做法来养海鸟。他不知道世上万事万物皆有自身的特点和所应遵循的规律。而鲁侯却不看场合不分对象，只凭自己的想当然去办事。他不懂得用养鸟的办法去养鸟，结果事与愿违，做出了适得其反的蠢事来。

神龟的智慧

有一只神龟被一个打鱼人捉住了，于是神龟托梦给宋国国王宋元君。

这天夜间，宋元君睡梦中只见一个人披头散发、探头探脑地在侧门窥视，并对宋元君说："我住在一个名叫宰路的深潭里。我替清江水神出使到河伯那里去，路上，被一名叫余且的渔人捉住了。"

宋元君早上醒来，想起夜间的梦，觉得奇怪，于是叫人占卜这个梦。

占卜的人说："这是一只神龟给大王托的梦。"

宋元君问左右的人说："有没有一个叫余且的渔人？"

左右回答说："有一个渔人就叫余且。"于是，宋元君命令手下人传余且来朝见。

第二天，余且来见宋元君。元君问他说："你打鱼捉到了什么东西？"

余且回答说："我用鱼网捕到了一只大白龟，龟的背围足有 5 尺长哩。"

宋元君命令余且将白龟献上。余且赶忙回家将捉到的白龟献给了宋元君。

宋元君得到这只神龟后，几次想杀掉它，又几次想把它养起来，心中总是犹豫不决，最后只好请占卜的人来做决断。

占卜的结果是："杀掉这只龟，拿它做占卜用，这是吉利的。"

于是，宋元君命人将白龟杀死，剖空它的肠肚，用龟壳进行占卜，总共卜了 72 次，竟然次次都灵验。

后来，孔子对这件事深有感慨地说："这只神龟有本事托梦给宋元君，却没有本事逃脱余且的网；它的智慧能达到 72 次占卜没有一次不灵验的境地，却不能避免自已被开肠剖肚的灾祸。这样看来，聪明也有受局限的地方，智慧也有照应不到的事情。"

这个故事告诉我们，一个人的聪明才智哪怕再高，也比不上大家的智慧。因此，只有万众一心，群策群力，才能把事情做得比较周全。

杞 人 忧 天

在我国历史上的春秋时代，有一个杞国人，总是担心有一天会突然天塌地陷，自己无处安身。他为此事而愁得成天吃饭不香、睡觉不宁。

后来，他的一个朋友得知他的忧虑之后，担心这样下去会损害他的健康，于是特意去开导他说："天，不过是一些积聚的气体而已。而气体是无处不在的，比如你抬腿弯腰，说话呼吸，都是在天际间活动，为什么你还要担心天会塌下来呢？"

那个杞国人听了，仍然心有余悸地问："如果天是一些积聚的气体，那么天上的太阳、月亮、星星，会不会掉下来呢？"

开导他的朋友继续解释："太阳、月亮、星星，也都只是一些会发光的气团，即使掉下来了，也不会伤人的。"

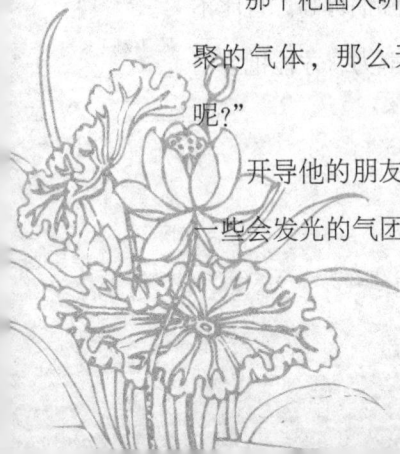

可是杞国人的忧虑还没有完，他接着问："那要是地陷下去了呢？又该怎么办？"

他的朋友又说："地，不过是些堆积的石块而已，它填塞在东南西北四方，没有什么地方没有石块。比如，你站着踩着，都是在地上行走，为什么要担心它会陷下去呢？"

杞国人听了朋友的这一番开导之后，终于放下心来，十分高兴。他的朋友也为他不再因无端的忧愁而伤身体，感到了欣慰。

其时，楚国有位名叫长卢子的思想家，在听说了杞国人和朋友的对话之后，不以为然地笑着评论道："那些彩虹呀，云雾呀，风雨呀，一年四季的变化呀，所有这些积聚的气体共同构成了天；而那些山岳呀，河海呀，金木火石呀，所有这些堆积物共同构成了地。既然你知道天就是积气，地就是积块，你怎么能断定天与地不会发生变化呢？依我看，所谓天地，不过是宇宙间的一件小小物体，但它在有形之物中又是最大的一种，其本身并未终结，难以穷尽。因此人们对这件事很难想像，不易认识，这都是很自然的。杞国人担心天会塌地会陷，这确实有点想得太远。然而他的朋友却说天塌地陷是根本不可能的，这也不对。天与地不可能不坏，而且终究是要坏的，有朝一日它真的要坏了，人们又怎么能不担心呢？"

对于这场争论，战国时的郑人列御寇也有说法。他认为："说天与地会坏，是荒谬的；说天与地不会坏，也是荒谬的。

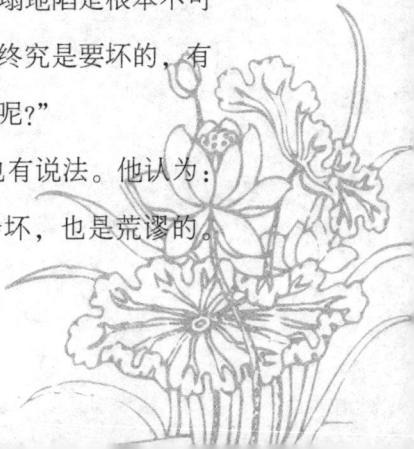

天地到底会不会坏，我们目前尚不知道。不过，说天地会坏是一种见解，说天地不会坏也是一种见解。这就好像活人不知道死者的滋味，死者也不知道活人的情形；未来不晓得过去，过去也不能预测未来。既然如此，天地究竟会不会坏，我又何必放在心上呢？"

毫无疑问，如果用今天的科学常识来看待天和地，我们完全可以断言，那个杞国人和他的朋友，以及古代思想家长卢子和列御寇的观点都有偏颇。但这则故事仍然说明：对于一个时代所无法认知和解决的问题，人们不应该陷入无休止的忧愁之中而无力自拔。人生还是要豁达些好。

造父学驾车

造父是古代的驾车能手。

造父在刚开始向泰豆氏学习驾车时，对老师十分谦恭有礼貌。可是 3 年过去了，泰豆氏却连什么技术也没教给他，造父仍然执弟子礼，丝毫不怠。

这时，泰豆氏才对造父说："古诗中说过：擅长造弓的巧匠，一定要先学会编织簸箕；擅长冶金炼铁的能人，一定要先学会缝接皮袄。你要学驾车的技术，首先要跟我学快步走。如果你走路能像我这样快了，你才可以手执 6 根缰绳，驾驭 6 匹马拉的大车。"

造父赶紧说："我保证一切按老师的教导去做。"

泰豆氏在地上竖起了一根根的木桩，铺成了一条窄窄的仅可立足的道路。老师首先踩在这些木桩上，来回疾走，快步如

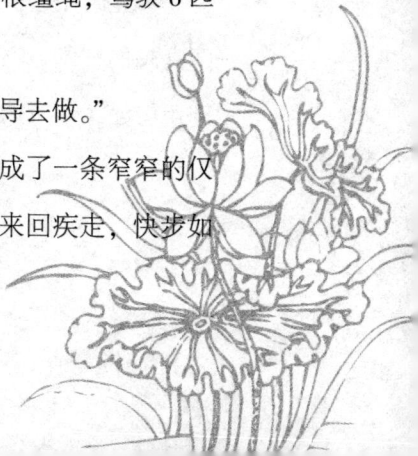

飞，从不失足跌下。造父照着老师的示范去刻苦练习，仅用了3天时间，就掌握了快步走的全部技巧。

泰豆氏检查了造父的学习成绩后，不禁赞叹道："你是多么机敏灵活啊，竟能这样快地掌握快行技巧！凡是想学习驾车的人都应当像你这样。从前你走路是得力于脚，同时受着心的支配。现在你要用这个原理去驾车。为了使6匹马走得整齐划一，就必须掌握好缰绳和嚼口，使马走得缓急适度，互相配合，恰到好处。你只有在内心真正领会和掌握了这个原理，同时通过调试适应了马的脾性，才能做到在驾车时进退合乎标准，转弯合乎规矩，即使跑很远的路也尚有余力。真正掌握了驾车技术的人，应当是双手熟练地握紧缰绳，全靠心的指挥，上路后既不用眼睛看，也不用鞭子赶；内心悠闲放松，身体端坐正直，6根缰绳不乱，24只马蹄落地不差分毫，进退旋转样样合于节拍。如果驾车达到了这样的境界，车道的宽窄只要能容下车轮和马蹄也就够了，无论道路险峻与平坦，对驾车人来说已经没有什么区别了。这些，就是我的全部驾车技术，你可要好好地记住它！"

泰豆氏在这里强调了苦练基本功的极端重要性。要学会一门高超的技术，必须掌握过硬的基本功，然后才能得心应手，运用自如。学习驾车如此，做其他任何事情也都应当这样。

商 丘 开

晋国有个名叫范子华的人，在一群门客的拥戴下，成为远近闻名且受晋王垂爱的人物。他虽不为官，其影响几乎比三卿大夫还大。

禾生和子伯是范家的上客。他们有一次外出在老农商丘开家借宿，半夜谈起子华在京城里名噪一时的作为。商丘开从窗外听见后，眼前顿时闪过一线光明。既然范子华能把死的说活、穷的说富，干脆找他求个吉祥。第二天，他用草袋装着借来的干粮，进城去找子华。

子华家的门客都是些富家子弟。他们衣着绸缎、举止轻浮、出门车轿、目空一切。当商丘开这个又黑又瘦、衣冠不整的穷老头走来时，他们都投以轻蔑的目光。商丘开没见过大世面，说了声来找子华就往里走，没想到被门客拽住、又推又

撞、肆意侮辱，但他毫无怒容。门客只好带他去找子华。说明来意后，商丘开被暂时收留下来。可是门客们仍然使着各种花样戏弄他，直到招式用尽，兴味索然。

有一次，商丘开随众人登上一个高台。不知是谁喊道："如果有人能安然跳下去，赏他100斤黄金。"商丘开信以为真，抢先跳了下去。他身轻如燕，翩然着地，没伤着一点身体。门客们知道这是偶然，并不惊奇。事过不久，有人指着小河深处说："这水底有珍珠，谁拾到了归谁。"商丘开又当是真。他潜入水底果然拾到了珍珠。此后，门客们再也不敢小看他，子华也给了他同别的门客一样游乐、吃酒肉和穿绸缎的资格。

有一天，范家起了火。子华说："谁能抢救出锦缎，我将依数重赏。"商丘开毫无难色，在火中钻出钻进，安然无恙。范家的门客看傻了眼，连声谢罪说："您原来是个神人。就当我们是一群瞎子、聋子和蠢人，宽恕我们的过去吧！"商丘开说："我不是神人。过去我听说你们本领大，要富贵必须按你们的要求说一不二地去做。现在才知道我是在你们的蒙骗下莽撞干成了那些冒险事。回想起来，真有点后怕。"

从此以后，范家门客再不敢侵犯他人，见了乞丐、巫医也作揖拱手，害怕真会遇到神人。

这则寓言通过对商丘开在范子华家经历的描述，揭露了以子华和门客为代表的封建统治阶级的奢华、蛮横、虚伪和无能，反映了商丘开虽然贫穷卑贱却有着诚实耐劳的品质。

两小儿辩日

孔子在周游列国时，有次往东方的一个地方去，半路上看见有两个 10 岁左右的小孩在路边为一个问题争论不休，于是就让马车停下来，到跟前去问他们："小朋友，你们在争辩什么呢？"

其中一个小孩先说道："我认为太阳刚出来的时候离我们近一些，中午时离我们远些。"

另一个小孩的看法正好相反，他说："我认为太阳刚升起来时远些，中午时才近些。"

先说的那个小孩反驳说："太阳刚出来时大得像车盖，到了中午，就只有盘子那么大了。这不是远的东西看起来小，而近的东西看起来大的道理吗？"

另一个小孩自然也有很好的理由，他说："太阳刚升起来

时凉飕飕的，到了中午，却像是火球一样使人热烘烘的。这不正是远的物体感到凉，而近的物体使人觉得热的道理吗？"

两个小孩不约而同地请博学多识的孔子来做"裁判"，判定谁是谁非。

这个看似简单的问题却把能言善辩的孔老先生也难住了。因为当时自然科学还不发达，很难说明两小孩所执理由的片面性，也就不能判断他们的谁是谁非了。孔子只好哑口无言。

两个小孩失口笑了起来，说："都说你知识渊博，无所不知，原来你也有不懂的地方啊！"

这个故事给我们的启示是：人生有限，知识无涯，从不同的角度会得出不同的看法。要克服片面性就必须深化认识，进行辩证思维。

兰 子 献 技

古代，人们将那些身怀绝技云游四方的人叫"兰子"。

宋国有一个走江湖卖艺的兰子，凭着自己所怀有的绝技来求见宋王宋元君，以期得到宋元君的重用。宋元君接见了他，并让他当众表演技艺。

只见这个兰子用两根比身体长一倍的木棍绑在小腿上，边走边跑，同时手里还耍弄着 7 把宝剑。他一边用右手接连地向空中抛出宝剑，一边用左手准确无误地去接不断下落的剑。7 把明晃晃的宝剑在他手上从左到右有条不紊地轮番而过，而空中则总有 5 把宝剑像一个轮回的光圈那样飘然飞舞。

宋元君看了这令人眼花缭乱的绝技，非常吃惊，连声喝彩道："妙！妙！"旁边围观的人也无不拍手叫绝。宋元君十分开心，马上叫人赏赐给这个卖艺人金银玉帛。

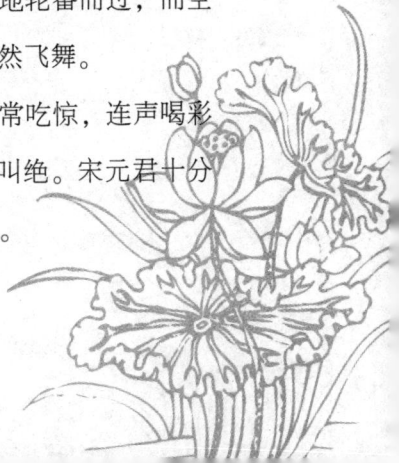

不久，又有一个会耍"燕戏"的兰子，听说了宋元君赏赐耍剑艺人金银的事，便前去求见宋元君。

这一回，宋元君却不但毫无兴趣，而且大怒说："先前那个有绝技的人来求见我，正好碰上我心情好，虽然他的技艺毫无用处，但是我仍然赏了他金银玉帛。今天这个兰子一定是听说了那件事才来求我看他表演的。这不明明是为贪财而献技、希望向我讨赏的吗？这种人实在可气！"

于是宋元君命人把那个会"燕戏"的兰子抓了起来。宋元君本来打算杀了那个人，后来又觉得他并无什么大的罪过，只把他关了一个月就放了。

一个只凭自己的喜怒来决定人的价值的昏君，在处理国家大事上必定是没有原则的。如果凭一件偶然的事情，就以为他"识才"，那也是愚蠢的。

飞必冲天鸣必惊人

　　春秋五霸之一的楚庄王，在历史上曾为楚国的发展建立过显赫的功业。可是在他登基的头 3 年内，看上去却毫无建树，整天不理朝政，昼夜游戏，猜谜作乐，不听臣子的意见，并扬言：有敢进谏的，处以死刑。宫廷上下都十分着急，国家有这么个愚顽的国君怎么得了！

　　看到这种状况，有个叫成公贾的人决定冒死进宫规劝楚庄王。楚庄王对成公贾说："你知道，我是不准谁提意见的，你现在为什么不怕死来提意见呢？"

　　成公贾说："我来不是给你提意见的，我只是想来跟大王一起凑趣解闷，猜猜谜语玩。"

　　楚庄王说："既然这样，那你说个谜我猜。"

　　成公贾说："好哇。"于是他给楚庄王说了一个谜语：

"有一只大鸟，停留在南方的一座山上，整 3 年了。它不动、不飞、也不叫。大王您说，这是只什么鸟呢？"

楚庄王稍作思考，便胸有成竹地说："这只大鸟停在南方的大山上，整整 3 年没有动，目的是在坚定自己的思想和意志；它 3 年不飞，是在积蓄力量使自己羽翼丰满；它 3 年不叫，是在静观势态、体察民情、酝酿声威。这只鸟尽管 3 年来一直没飞，可是一旦展翅腾飞必将冲天直上；尽管它 3 年来一直不叫，可是一旦鸣叫起来，必定会声振四方，惊世骇俗。成公贾先生，你放心吧，你的用意，我已经猜中了。"

成公贾惊喜地点点头，欣然离去。

第二天，楚庄王上朝处理国事。他根据 3 年来的明察暗访、调查研究和对大臣们政绩的考察情况，提拔了 5 位忠诚能干的大臣，罢免了 10 个奸狡无能的大臣。

楚庄王的决定和处事的魄力，使文武百官大为佩服，因此大家都十分高兴。楚国的老百姓也都奔走相告，庆幸有了一位贤君。

有大智慧的人并不急着表现自己，他们往往先蓄足了底蕴，成竹在胸，一旦时机成熟，便会一鸣惊人。

善解疙瘩

鲁国有一个乡下人，送给宋元君两个用绳子结成的疙瘩，并说希望能有解开疙瘩的人。

于是，宋元君向全国下令说："凡是聪明的人、有技巧的人，都来解这两个疙瘩。"

宋元君的命令引来了国内的能工巧匠和许多脑瓜子灵活的人。他们纷纷进宫解这两个疙瘩，可是却没有一个人能够解开。他们只好摇摇头，无可奈何地离去。

有一个叫倪说的人，不但学识丰富、智慧非凡，就连他的弟子，也很了不起。他的一个弟子对老师说："让我前去一试，行吗？"

倪说信任地点点头，示意他去。

这个弟子拜见宋元君，宋元君叫左右拿出绳疙瘩让他解。

只见他将两个疙瘩打量一番，拿起其中一个，双手飞快地翻动，终于将疙瘩解开了。周围观看的人发出一片叫好声，宋元君也十分欣赏他的能干聪明。

第二个疙瘩还摆在案上没动静。宋元君示意倪说的这个弟子继续解第二个疙瘩。可是这个弟子十分肯定地说："不是我不能解开这个疙瘩，而是这疙瘩本来就是一个解不开的死结。"

宋元君将信将疑，于是派人找来了那个鲁国人，把倪说弟子的答案说给他听。

那个鲁国人听了，十分惊讶地说："妙呀！的确是这样的，摆在案上的这个疙瘩是个没解的疙瘩。这是我亲手编制出来的，它没法解开，这一点，只有我知道，而倪说的弟子没有亲眼见我编制这个疙瘩，却能看出它是一个无法解开的死结，说明他的智慧是远远超过我的。"

天下人只知道就疙瘩解疙瘩，而不去用脑筋推敲疙瘩形成的原因，所以往往会碰到死结，解来解去，连一个疙瘩也解不开。这则寓言提醒我们，要像倪说的弟子那样用分析的眼光，区别对待不同性质的事物，这样才能绕过障碍，抓住关键，克服困难，顺利地解开自己工作中一个又一个的"疙瘩"；同时也要注意从实际出发，避免死钻牛角尖。

轮扁削车轮

春秋战国时代，有一位擅长做车轮的能工巧匠，他的名字叫轮扁。

一天，齐桓公在殿堂上读书，轮扁在堂下砍削车轮。齐桓公读书读到妙处，不禁摇头晃脑、口中念念有词，很是得意。

轮扁见桓公这样爱书，心里觉得纳闷。他放下手中的锥子、凿子，走到堂上问齐桓公说："请问，大王您所看的书，上面写的都是些什么呀？"

齐桓公回答说："书上写的是圣人讲的道理。"

轮扁说："请问大王，这些圣人还活着吗？"

齐桓公说："他们都死了。"

于是轮扁说："那么，大王您所读的书，不过是古人留下的糟粕罢了。"

　　齐桓公很是扫兴。他对轮扁说："我在这里读书，你一个做车轮的工匠，凭什么瞎议论呢？你说圣人书上留下的是糟粕，如果你能谈出个道理来，我还可以饶了你，如果你说不出道理来，我非杀你不可！"

　　轮扁不紧不慢地回答齐桓公说："我是从自己的职业和经验体会来看待这件事的。就说我砍削车轮这件事吧，速度慢了，车轮就削得光滑但不坚固；动作快了，车轮就削得粗糙而不合规格。只有不快不慢，才能得心应手，制作出质量最好的车轮。由此看来，削车轮也有它的规律。可是，我只能从心里去体会而得到，却难以用言语很清楚明白地讲授给我儿子听，因此我儿子便不能从我这里学到砍削车轮的真正技巧。所以我已经70岁了，还得凭自己心里的感觉去动手砍削车轮。由此可见，古代圣人心中许多只可意会、不可言传的知识精华已经随着他们死去了，那么大王您今天所能读到的，当然只能是一些古人留下的肤浅粗略的东西了。"

　　这则寓言告诉我们，实践经验是很重要的，因为它不但是产生理论知识的源泉，而且有些精深的技艺是难以从书本上得到的。当然，忽视书本知识，排斥间接经验，盲目地将书本知识一概视为糟粕的观点，也是不可取的。

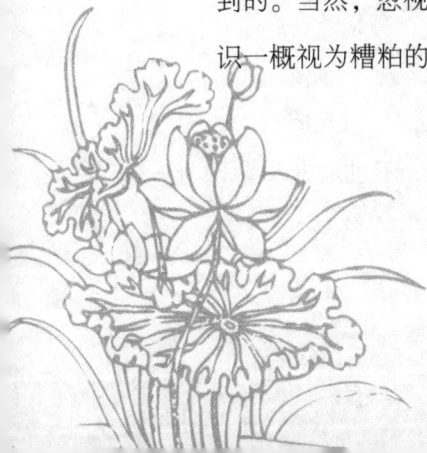

农夫献曝

从前，宋国有个农夫，家里很穷，一年到头、从早到晚在田地里忙忙碌碌地劳动，从来不曾出过远门。他既不知道世上的富人过的是怎样的生活，也从未见过本乡以外的世界是个什么样子。

因为家里十分贫穷，这个农夫经常穿着乱麻编织的衣服，艰难地熬过严寒的冬天。好不容易春天来了，冰雪融化了，太阳温暖地照着大地，农夫也因此而像田地里的禾苗一样焕发了生机。

有一天，天气格外晴朗，没有一丝风。农夫在田地里干了半晌，觉得有些劳累，便坐在田埂上休息晒太阳。暖融融的阳光照在农夫身上，他感到一种说不出的的温暖和舒服，简直像到了云里雾里一样。他觉得晒太阳取暖简直是世间独一无二的

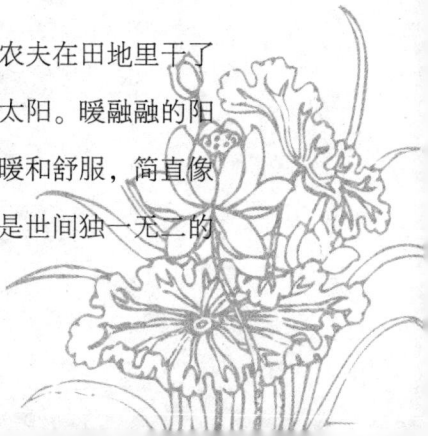

享受，全然不知道世界上还有暖和的高楼大厦、华宅深院，也不知道有温软的丝棉袍子和贵重的狐皮大衣。

可怜的农夫回过头对妻子说："晒太阳真是舒服极了，世上只怕还没有什么人知道这种好处。我们如果把晒太阳取暖的舒服享受献给国君，一定会得到一笔重赏。你看怎么样？"

农夫的妻子觉得丈夫说的有道理，也同意去向国君敬献晒太阳的办法。于是夫妻俩抛下田间的农活回家，打算去献计领赏。可惜的是，这夫妻二人不但没有一件像样的衣服，甚至连出门进城的路怎么走都不知道。

有些人被见识所局限，常常以为自己觉得了不起的事情，别人也都会认为了不起，其实他们自以为了不起的事，可能往往都是尽人皆知的微不足道的小事。

智子疑邻

在遥远的春秋时代，中原地区有一个小国叫宋国。宋国有一户富庶人家，家境殷实，良田百亩。

一个盛夏暴雨的晚上，富人家的院墙被雨水冲出了一个缺口。第二天家人在外出时发现了这个缺口，这时，富人的儿子对富人说："父亲，如果不尽快地把院墙修好的话，迟早会有贼人趁机进入，盗取咱们家的财物的。"其父不以为然，出门办事去了。

走到半路，遇到了邻居的父亲。邻居的父亲说："听说你家昨夜墙被大雨冲垮了，这是一个很要紧的事。我活了这么大岁数，凡事没有一个坚固的墙壁，屋里总有一天会被盗。如果你不能及时修理的话，盗贼很快就会蜂拥而至。你应该立即回家去把墙补好。"

　　富人回答："老丈，谢谢你的提醒。不过我家现在看起来还是很安全的，盗贼不会这么快知道我家院墙有失，权且得过且过吧。"邻居的父亲叹息着离开了。

　　当天晚上，在富人家人都睡着的时候，果然有贼通过院墙的缺口溜进了富人家，将富人家的财物洗劫一空。第二天一早，看到自己已经家徒四壁，富人这才幡然醒悟，后悔没有听众人的建议。于是，富人狠狠地夸奖了一番他的儿子，说他的儿子有远见，居安思危，能够考虑人之所不到。但是，想起昨天邻居的老父和自己说的一番话，富人不禁心生疑窦。他想："既然邻居的父亲能够想到会有盗贼入侵，那么他会不会亲手来干呢？很有这个嫌疑！"

　　但是无论如何，富人还是以最快的速度把墙壁修好了，这也是亡羊补牢、为时不晚吧。

　　这个故事告诉我们，站在不同的立场上，得到的结果可能截然不同。判断一个事物，不能只考虑这件事对不对，还要想想自己所处的地位和处境。而且，由于存在偏见，同样的事情也会得到不同的结果。它还告诉我们，要尊重现实，一切从实际出发，不能用亲亲疏疏和感情作为判断是非的标准。对待不同的人用不同的标准，这是不正确的。要做到公平对待一切事物，实事求是，有公正的处事原则。

螳螂捕蝉黄雀在后

吴王一向专横跋扈且不听人言，要想说服他是件很难的事情。

有一次，吴王准备进攻楚国。他召集群臣，宣布要攻打楚国。大臣们一听这个消息，都低声议论起来。大家都知道以吴国目前的实力尚不足以攻打强大的楚国，否则只能是以卵击石，给吴国带来灾难。应该养精蓄锐，先使农业和经济发展起来，这才是当务之急。

吴王听到大臣们在底下窃窃私语，似有异议，便厉声说道：

"各位不必议论，我决心已定，谁也别想动摇我的决心，倘若有谁执意要阻止我，决不轻饶！"

众大臣面面相觑，谁也不敢乱说一句说，于是，匆匆退

朝。

大臣中有一位正直的官员，下朝后心中仍无法安宁，思前想后，觉得不能因为自己荣辱而不顾国家的安危。这位大臣在自家的花园内踱来踱去，目光无意中落到树上的一只蝉的身上，他立刻有了主意。

第二天一大早，这位大臣便来到王宫的花园。他知道每天早朝前吴王都要到这里散步，所以，他有意等在这里。

过了大约两个时辰，吴王果然在一大群宫女的陪同下，来到后花园。那位大臣装着没有看见吴王，眼睛紧盯着一棵树，一动也不动。

吴王看到这位大臣的衣服已经被露水打湿了，却仿佛没有察觉一般，眼睛死死地盯着树枝在看什么，手里还擒着一只弹弓，便很纳闷地拍拍他的肩，问道：

"喂，你一大早在这里做什么？何以这般入神，连衣服湿了都不知道？"

那位大臣故意装作刚刚看到吴王，急忙施礼赔罪道：

"刚才只顾看那树上的蝉和螳螂，竟不知大王的到来，请大王恕罪。"

吴王挥挥手，却好奇地问：

"你究竟在看什么？"

那位大臣说道：

"我刚才看到一只蝉正趴在树叶上喝露水，毫无觉察一只

凶猛的螳螂正弓首腰准备捕食它，而螳螂也想不到一只饥饿的黄雀正在把嘴瞄准了自己，黄雀更想不到我藏在它的身后，拿着弹弓会要它的命……"

吴王笑了说：

"我明白了，不要再说了。"

终于，吴王打消了攻打楚国的念头。

越 石 父

齐国的相国晏子出使晋国完成任务后，在返国途中路过赵国的中牟。晏子坐在车里，远远地瞧见路旁有一个人头戴毡帽，身穿反皮衣，正从背上卸下一捆柴草，停在路边歇息。走近后仔细查看，晏子觉得此人的神态、气质、举止都不像个粗野之人，怎么会落到如此寒惨的地步呢？于是，晏子让车夫停止前行，并亲自下车询问："你是谁？是怎么到这儿来的？"

那人如实相告："我是齐国人叫越石父，3 年前不幸被卖到赵国的中牟，给人家当奴仆，失去了人身自由。"

晏子又问："那么，我可以用钱物把你赎出来吗？"

越石父说："若如此，自是十分感谢。"

于是，晏子就用自己车左侧的一匹马作代价，赎出了越石父，并同他一道回到了齐国。

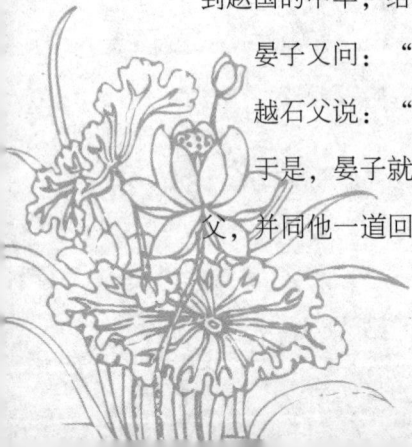

晏子回到齐国以后，没有跟越石父告别，就一个人下车径直回家去了。这件事使越石父十分生气，他声称要与晏子绝交。晏子感到很惊讶，便派人出来对越石父说："我们主人与你素不相识，你在赵国当了3年奴仆，是主人用一匹马将你赎了回来，使你重获自由。应该说有主人恩于你了，你为什么要与我们主人绝交呢？"

越石父回答说："一个有尊严有真才实学的人，受到不知礼仪的人的轻慢，是不必生气的；但是，他如果得不到同样高贵的人的平等相待，他必然会愤怒！任何人都不能自以为对别人有恩，就可以不尊重对方；同样，一个人也不必因受惠而卑躬屈膝，丧失尊严。晏子用自己的财产赎我出来，是他的好意。现在他到家了，却只管自己进屋，竟连招呼也不跟我打一声，这不说明他依然在把我当奴仆看待吗？因此，我还是去做我的奴仆好，请晏子再次把我卖了吧！"

晏子听了越石父的这番话，赶紧出来对越石父施礼道歉。他诚恳地说："我在中牟时只是看到了您不俗的外表，现在才真正发现了您非凡的气节和高贵的内心。请您原谅我的过失，不要弃我而去，行吗？"从此，晏子将越石父尊为上宾，以礼相待，渐渐地，两人成了相知甚深的好朋友。

晏子与越石父结交的过程说明：为别人做了好事时，不能自恃有功，傲慢无礼；受人恩惠的人，也不应谦卑过度，丧失尊严。谁都有帮助别人的机会，谁也会遇到需要别人帮助的难题，只有大家真诚相处，平等相待，人间才有温暖与和谐。

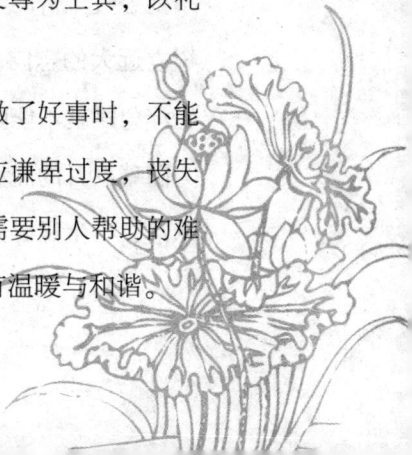

诫 子 书

三国时期蜀国著名的丞相诸葛亮在去世前，曾经给儿子写过一篇著名的《诫子书》。他在书中说：

"一个真正的君子想要养成自己的品行，应当依靠平静的内心，简单的欲望来修养身心；用朴素的作风，节俭的生活习惯去培养品德。如果没法做到淡泊名利，就不能够明确自己的志向；如果不能时时保持心灵的安宁冷静，就没法实现远大的理想。学习必须专心致志，集中精力，想要增加才华和能力必须要经过刻苦的学习，想要发挥自己胸中的学问和才干就必须树立远大的志向。过度追求享乐和怠惰散漫就没法振奋精神，轻浮急躁就不能陶冶情操。青春年华随着光阴飞速流逝，意志力随着岁月的流淌渐渐消磨，最后只能像一枚枯叶一样无力地飘落，一生碌碌无为。像这样的人有很多，但是却对社会毫无

贡献。只能守在一个破房子里，悲伤叹息，真要到了那时候，后悔可就来不及了!"

诸葛亮不愧为一代名相。他的《诫子书》不仅仅是对自己后代的谆谆教诲，更是留给所有人的一笔宝贵财富。

黔驴技穷

在古代，贵州地区被称作黔，所以现在贵州省的简称依然是黔。贵州地区本来不出产驴，有一次一个商人从很远的地方买来一头驴准备在黔这个地方卖掉，但是人们都不知道这是什么东西所以没人愿意买。商人见到没人买，留着还浪费饲料，就把驴散放到了山脚下。

有一天，一只山中猛虎在觅食的时候发现了这头驴。老虎也是第一次看到驴，以为这个躯体高大的家伙一定很神奇，就躲在树林里偷偷观察着，后来又走出来，小心翼翼地接近驴，想要试探一下驴子的底细。

驴感受到了危险，大叫了一声。老虎大吃一惊，赶紧跳开，以为驴要咬自己了，非常恐惧。然而，驴只是叫了一声却没有任何行动了。老虎十分疑惑，经过反复观察以后，觉得驴

并没有什么特殊本领，而且认为驴的叫声也没有多少攻击性。

老虎开始走到驴的前后，转来转去，近距离观察驴。然后，老虎慢慢逼近驴，越来越放肆，或者碰它一下，或者靠它一下，不断冒犯它。驴非常恼怒，就用蹄子去踢老虎。老虎非常轻松的躲过了驴蹄子，于是便知道了驴也不过如此罢了。老虎非常高兴，腾空扑去，大吼一声，咬断了驴的喉管，啃完了驴的肉，才离去了。

唉！那驴的躯体高大，好像有德行；声音洪亮，好像有本事。假如不显出那有限的本事，老虎虽然凶猛，也一直会存有畏惧的心理，终究不敢攻击它。现在落得如此下场，不是很可悲吗？

掩耳盗铃

春秋时期，晋国贵族智伯灭掉了范氏家族，这时候就有人趁火打劫跑到范氏家里想偷点东西。

这个人走到范家，看见院子里吊着一口大钟。钟是用上等青铜铸成的，造型和图案都很精美。小偷心里高兴极了，想把这口精美的大钟背回自己家里据为己有。可是钟足足有一人多高，又大又重，小偷费了好大的力气怎么也挪不动。

他想来想去，只有一个办法，那就是把钟敲碎，然后再分别搬回家。

于是他找来一把大锤，拼命朝钟砸去，只听"咣"的一声巨响，把他吓了一大跳。做贼心虚之余，他心想这下糟了，这钟声不就等于是告诉人们我正在这里偷钟吗？他心里一急，身子一下子扑到了钟上，张开双臂想捂住钟声，可钟声又怎么捂

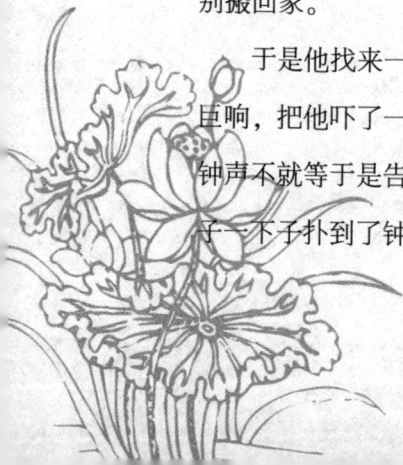

得住呢！钟声依然悠悠地传向远方。

他越听越害怕，不由自主地使劲捂住自已的耳朵。

"咦，钟声变小了，听不见了！"小偷高兴起来，心里想："妙极了！只要把耳朵捂住，就听不见钟声了！"

他立刻找来两个布团，把耳朵塞住，心想，这下谁也听不见钟声了。于是就放手砸起钟来。

钟声响亮而悠远，人们听到钟声纷纷前来看出了什么事。于是便发现了这人的偷钟行为，一起上前把他抓住了。

弥子瑕失宠

弥子瑕是卫国著名的美男子。他在卫灵公身边为臣，很讨君王的喜欢。

有两件事最能说明卫灵公宠爱弥子瑕的程度。其一是弥子瑕私驾卫王马车的事。有一次，弥子瑕的母亲生了重病。捎信的人摸黑抄小路赶在当天晚上把消息告诉了他。一瞬间，弥子瑕心如火燎，恨不得立刻插上翅膀飞到母亲身边。可是京城离家甚远，怎么能心想事成呢？卫国的法令明文规定，私驾君王马车的人要判断足之刑。为了尽快赶回家去替母亲求医治病，弥子瑕不顾个人安危，假传君令让车夫驾着卫灵公的座车送他回家。后来卫灵公知道了这件事，不但没有责罚弥子瑕，反而称赞道："你真是一个孝子呵！为了替母亲求医治病，竟然连断足之刑也无所畏惧了。"

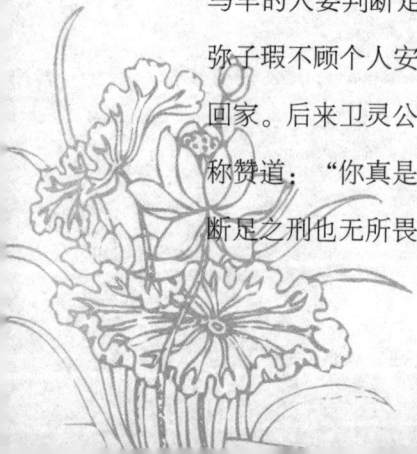

卫王接受弥子瑕没吃完的半个桃子，是卫灵公宠爱弥子瑕的第二件典型事例。事情的经过是这样的。有一天，弥子瑕陪卫灵公到果园游览。当时正值蜜桃成熟的季节，满园的桃树结满了白里透红的硕果。轻风徐徐送来蜜桃醉人的芳香，让人垂涎欲滴。弥子瑕伸手摘了一个又大又熟透的蜜桃，不洗不擦就大口咬着吃了起来。这种摘下便吃所感受的新鲜爽口滋味是他未曾体验的。当他吃到一半的时候，想起了身边的卫王。弥子瑕把吃剩的一半递给卫王，让他同享。卫灵公不仅毫不在意这是弥子瑕吃剩的桃子，还自作多情地说："你忍着馋劲把可口的蜜桃让给我吃，这真是爱我啊！"

弥子瑕年纪大了以后，脸上现出了衰老的容颜。卫灵公因此丧失了对他的热情。这时假如弥子瑕有得罪卫王的地方，卫灵公不仅再不像过去那样去迁就他，而且还要历数弥子瑕的不是："这家伙过去曾假传君令，擅自动用我的车子；目无君威，把没吃完的桃子给我吃。至今他仍不改旧习，还在做冒犯我的事！"

弥子瑕从年轻到年老，始终把卫灵公当成自己的一个朋友看待，在卫王面前无拘无束。可是卫王则不一样。他以年龄和相貌作为宠人、厌人的根据，从而对弥子瑕所做的同样的事情表现了前后截然相反的态度。因此不顾事情的本质，只按表面现象决定好恶的作法是十分错误的。

纪昌学射

　　甘蝇是春秋时期出了名的神箭手。只要他拉开弓，射兽兽倒，射鸟鸟落。飞卫是甘蝇的学生，由于勤学刻苦，箭术水平超过了老师。

　　有个人名叫纪昌，慕名来拜飞卫为师。

　　飞卫对他说："射箭这门技术，对眼力要求极高。你要先学会在任何情况下都不眨眼睛。有了这样的本领，才能谈得上学射箭。"

　　纪昌回到家里，就仰面躺在他妻子的织布机下，两眼死死盯住一上一下快速移动的机件。就这样两年以后，即使拿着针朝他的眼睛刺去，他也能一眨不眨了。

　　于是纪昌又一次拜访飞卫，请求飞卫教他射箭。

　　飞卫说："光有这点本领还不行。一副好眼力必须练到即

使是极小的东西你都能看得很大，模糊的东西你都能看得一清二楚。有了这样的本领，才能学习射箭。"

纪昌回到家里，就捉了一只虱子，用极细的牛尾巴毛拴住，挂在窗口。他天天朝着窗口目不转睛地盯着它瞧。十多天过去了，那只因干瘪而显得更加细小的虱子，在纪昌的眼睛里却慢慢地大了起来；练了3年以后，小小的虱子在他眼睛里竟有车轮那么大。他再看看稍大一点的东西，简直都像一座座小山似的，又大又清楚。

纪昌于是尝试着拉弓搭箭，朝着虱子射去。那支利箭竟直穿虱子的中心，而细如发丝的牛尾巴毛却没有碰断。

纪昌很惊异，再一次拜访飞卫问道："我还尚未学习射箭，为什么就可以射中虱子了？"

飞卫点点头，笑着说："射箭的技巧就在于眼力，如果把眼睛的功力练到了，自然就可以百发百中。功夫不负苦心人，你学成功啦！"

三人同屋

有这么三个人，性情爱好各不相同，又同住在一间屋子里，常常为一些事情争论不休。

一天，甲从外面回来，由于在外面赶路便觉得燥热，一进门便嚷着屋里太闷太热，随手将门窗全都大开。

乙在家呆了一天，哪里也没去，正觉浑身寒冷，便责怪甲不该打开门窗。

两个人互不相让，一个要开，一个要关，一个说闷，一个说冷，为一点小事闹了好半天。

丙从外面回来，一听甲、乙各自的说法，心里便清楚是怎么一回事了，可是甲和乙都认为丙这个人天性愚笨，因此根本听不进丙的劝解，都认为只有自己才是对的。

又一次，乙从集市买回一只纸糊的灯笼，一进门便遭到甲

的反对。甲责怪乙没买绸罩的灯笼，绸罩的灯笼又好看又高贵；乙则说纸糊的灯笼点亮后一样漂亮，价钱却要比绸灯笼便宜好多。甲说纸灯笼便宜但不如绸灯笼耐用；乙说买一只绸灯笼可买十只纸灯笼。甲说宁买一只绸灯笼也不要十只纸灯笼；乙说十只纸灯笼可变换花色品种……丙夹在两人中间，一会儿劝甲，一会儿劝乙，可是依然不能使甲和乙停止争吵。

甲和乙在争吵时总是强调自己的理由，只注意自己对的一面，却看不到自己的偏激。而丙，虽然比甲、乙要笨一些，但由于他没有参与争吵，所以他能较客观地看问题，所以他能判断谁是谁非。

我们平时处世待人，不能像甲和乙那样，固执已见，主观偏激，而应像丙那样，客观冷静，我们的头脑就能明辨是非。

空中楼阁

　　从前，有个有钱人，他生来愚蠢，又不愿意读书学习，却自以为是，骄傲得很，常常干出一些让人哭笑不得的事来。

　　有一次，他到另一个有钱人家里去做客，见到人家的府第是一座三层楼的楼房，高大威风、宽敞壮丽，看上去不仅阔气，站在三层楼上，还能看见远方美丽的景致，真是妙极了。

　　他心下不禁十分羡慕，想道："要是我也有一幢这样的三层楼房，那该多好啊！我也可以站在三层楼上，喝茶观景，要多惬意就有多惬意！"

　　要盖楼房，钱自然是不愁的。他回到家里，马上叫人请来泥瓦匠，吩咐道："给我建一座三层楼房，越快越好！"

　　于是泥瓦匠立刻开始动工，打地基、和泥、垒砖头，开始修建楼房的第一层。

有钱人天天跑到工地上去看，头几天地基打好了。又过了几天，垒了几层砖。再过几天，砖垒高了一点。

有钱人想楼房都快想疯了，而今过了这么些天，他的楼房还没影子。实在等得不耐烦了，就跑去问泥瓦匠："你们这是建造的什么房子啊，怎么一点也不像我要的楼房呢？"

泥瓦匠答道："不是照您的吩咐在建楼房吗？这就是第一层呀。"

有钱人又问："这么说，你们还要修第二层？"

泥瓦匠奇怪地回答："当然了，有什么问题吗？"

有钱人暴跳如雷，勃然变色道："蠢东西，我看中的是第三层，叫你们修的也是第三层，第一层、第二层我都有，还修它作什么？"

这个有钱人真是可气又可笑，没有第一层、第二层楼房，哪里来第三层呢？做事情要踏踏实实、打好基础，否则我们的理想就好像这个有钱人的空中楼阁一样，永远是虚幻的东西。

与狐谋皮

　　从前，有个人非常想穿一件皮袍，同时又最爱吃精美的佳肴。

　　他整天都羡慕别人有华丽的狐皮大衣，梦想着自己也有一件这种价值千金的大衣。可是他没有钱去买这样昂贵的狐皮大衣。怎么办呢？他绞尽脑汁，终于想到一个好办法，那就是去找狐狸商量，请它们献出自己的皮。

　　他在野地里转呀转，碰到了一只狐狸，便十分亲热地对它说："可爱的狐狸，你身上的皮实在漂亮。可是在你们狐狸圈内，又有谁会欣赏你漂亮的皮呢？这样好的皮放在你身上实在太可惜，你不如把皮献给我，你再随便披一件什么皮就可以了。"

　　他的话刚一说完，狐狸吓得直吐舌头，转身就窜进山里去

了。

这个人没得到狐皮，回到家里又想起了精美的佳肴。他恨不得马上做一桌整猪整羊的佳肴，先用来祭祀，然后自己把佳肴吃掉。可是他没有钱去买猪、买羊。于是，他又一转念，跑到外面去寻找猪、羊。

他在路上遇到了一只羊，便立即对羊说："我现在正打算做一桌上好的酒菜，请你为我献上你身上的肉吧。"

他的话还没说完，羊吓得出了一身冷汗，飞也似地逃进树林躲了起来。

这个人要狐献皮、要羊献肉的事情在狐狸群和羊群中传开了，它们都远远地躲开了他。5 年过去了，这个人没有弄到一只祭祀用的羊；10 年过去了，他没有做成一件梦寐以求的狐皮大衣。因为这个人要想得到这些东西的办法太愚蠢了。

建筑师的特长

　　从前，有一位建筑师，远近的人都听说过他的大名。

　　有一天，有一个人问他说："先生您究竟有些什么特长呢?"

　　建筑师颇为自豪地回答道："我呀，最擅长于衡量木材，按照要建造的房屋的情况，根据木材的具体特点来选择恰当的木料。我对整幢要建的房子的细节都了然于心，懂得什么地方应该分派什么人去做。只有在我的指挥下，工匠们才能有条有理地劳动；如果没有我，房子就建不成了。所以，官府请我去，付给我的工钱是普通工匠的三倍；在私人那里，工钱的一大半也归我。"

　　有一天，这个人到建筑师家里去拜访。

　　建筑师家里的床正好坏了一条腿，他就叫过仆人说："一

会儿去请个工匠来修理一下吧。"

这个人吃惊地问："您天天都和木料打交道，难道您连区区一个床腿都不会修吗？"

建筑师回答："这是工匠做的事，我怎么会呢。"

这个人当着建筑师的面不好再说什么了，心里却暗暗想道："原来这个建筑师什么本领都没有，只会到处吹牛、骗人钱财呀！"

后来，京兆尹要修官衙，请的就是这位建筑师，这个人就赶去看热闹。

到了工地上，他看到地上放着成堆的木料，工匠们把建筑师围在中间。

建筑师根据房子的需要，在木料上敲打了几下，就知道了木材的承受能力。他挥舞着手杖指着右边说道："砍！"那些拿斧头的工匠就都跑到右边的木料旁砍起来；他又用手杖指着左边命令："锯！"那些拿锯子的工匠都到左边锯开了。在他的指挥下，不一会儿大家全都各司其职，按照建筑师的吩咐忙活起来，没有一个人敢自作主张、不听命令。对于那些不称职的人，建筑师就将其撤下以保证工程的进度，大家也都没有一句埋怨的话。就这样，整个工程被安排得井井有条。建筑师将要建造的房子的图纸挂在墙上，才一尺见方大小的图，详尽地标出了房子的规格和要求，小到连一分一毫的地方都算出来了，用它来修建高大的房子，竟然一点出入都没有。

看到这些，这个人这才明白了建筑师的能耐。

建筑师的特长，不在于对建筑工程中不起眼的细节进行雕琢，而在于对整体作宏观的把握。对于这样的人如果要求他擅长于某个单项，硬要提出些苛刻的要求，对他求全责备是不对的。

涸泽之蛇

　　有一年夏季，久旱不雨。严重的缺水使庄稼地裂开一道道
又宽又深的口子，不少的池沼也干涸了，栖息在水沼中的一些
虫、鱼、蟹、蛙，能够搬迁的都搬走了。

　　有一个泥塘里最后还剩下两条花蛇。它们眼看着池沼边的
杂草全部枯槁，也准备另找一处安身之地。

　　临行之前，小蛇对大蛇说："你身强力壮走得快。如果你
在前面走，我在后面跟，这样目标太大。人们一看到蛇在行
动，肯定会来捕杀。你走在我的前面，必然先遭祸殃。因此，
我们应该换一种方式。你最好背着我走。因为人们从来没有见
过哪一类蛇是这种模样，也从来没有看到哪一条蛇像这样行
走，所以一定会感到疑惑。如果他们把我当成一位神君，对我
们敬而远之，我们不是可以蒙混过关，安全抵达目的地了

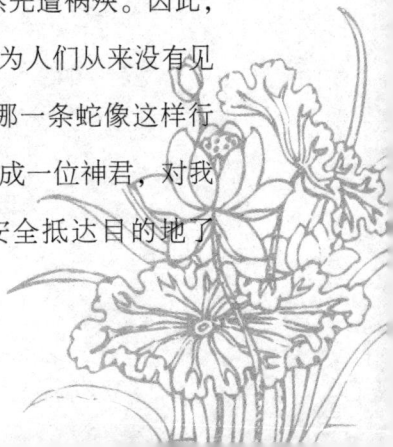

吗？"

大蛇觉得小蛇的话有道理，于是背起小蛇穿过大路，扬长而去。

见到这两条蛇上下重叠着蜿蜒游走的人都很恐惧，谁也不敢靠近它们。这些人回去以后，一个个绘声绘色地向旁人描述自己所见到的情景，并煞有介事地说："刚才我看见蛇神了。"

这则寓言启迪人们，要善于识别变化多端的诡计，看问题不能只看表面现象，而要透过现象去分析和把握事物的本质。

山芋害人

有一天，柳宗元得了重病，脾脏肿得很大，而且时常心脏悸闷。他急忙请一医生治病。

医生察看病情后说："依你现在的病情来诊断，服食茯苓应当最见疗效。"

第二天，柳宗元就叫人到集市上去买了一些茯苓来，自己煎着吃了。结果服药之后，病不仅不见好转，相反地更加重了。柳宗元非常生气，派人把医生找来，责怪他医术不精，开错了药方。

医生听了柳宗元的话十分奇怪："自己行医多年，这种病也见过一些，的确是对症下药的呀。"他便提出看看药渣子，是不是药买错了。

医生一看药渣，一阵惊呼："唉呀，这全都是老山芋呀！

是那个卖药的骗了你，你不辨真伪还买下来。是你自己糊里糊涂不识货，现在却又来责怪我，你也太过分了。"

柳宗元吃惊地望着药渣十分惭愧，慢慢又愤恨起来。

从这件事推广开想，有不少事是与之类似的。人世间，拿着老山芋去冒充茯苓出售，使得人家病情加重的事，其实多得很！又有多少人能够辨别其中的真伪呢？

昂贵的马鞭

有一天，市场上来了个卖马鞭的人。他的马鞭看上去似乎并不怎么样。

有个人问他："喂，卖马鞭的，你的东西多少钱呀？"卖马鞭的人开口就把人吓了一跳："5 万钱。"买东西的人说道："你是不是疯了？这种马鞭人家才卖 50 钱，你怎么卖这么多钱呢？50 钱怎么样？"卖马鞭的人忽然笑了起来，腰都笑弯了，理也不理他。这个人又试探道："那 500 钱呢？"卖马鞭的人显出很生气的样子。买马鞭的人知道这马鞭不值什么钱，卖鞭人存心逗逗他，又说："5 000 钱总该行了吧？"卖马鞭的人大怒道："你不想买就走，不用啰嗦，我是一定要 5 万钱才卖的！"

这时，有个有钱的少爷来买鞭子，见卖鞭子人的态度如此

坚决，以为这鞭子真的有什么独到之处，就出 5 万钱买了下来，然后，他就拿着这根昂贵的马鞭，到处去给人看，炫耀说："瞧我这根马鞭，值 5 万钱呢!"

有识货的人拿过马鞭仔细看了看，只见鞭梢卷曲着，一点都不舒展，鞭把也歪歪斜斜的，木质更次，已经朽了，漆纹粗劣得很，拿在手里也感觉不到有什么份量。

识货的人直截了当地问这个阔少爷："这根马鞭究竟有什么稀罕的地方，值得你花 5 万钱买下它呢?"阔少爷装模作样地说："我喜欢它金黄耀眼的颜色，那个卖鞭子的人还说了很多好处呢!"那人也不多说什么了，将马鞭浸在热水里，不一会儿，鞭子就扭曲了，收缩得厉害，金黄色也都掉了。原来这颜色是用栀子染的，光泽也是用蜡涂上去的。

阔少爷也明白了鞭子是劣等货，但又不愿丢面子，只得打肿脸充胖子，还是拿这马鞭用了 3 年。有一次，他骑马出去游玩，举起鞭子抽马时力气稍用大了点，鞭子竟马上断成了 6 截，他也从马上跌下来，还受了伤。而那断了的鞭子，原来只有一个空壳，里面什么也没有，已经朽成了一堆土。

卖马鞭的就是利用阔少爷这种人的虚荣心来出售劣质货。如果一个人只图虚名而不注重实际的话，是注定了要吃亏上当的。

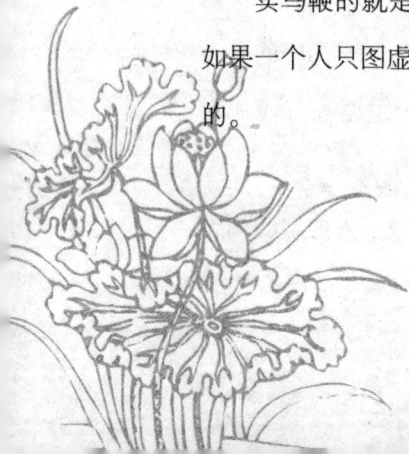

东施效颦

春秋时代，越国有一位著名的美女名叫西施。她的美貌简直到了倾国倾城的程度，无论举手投足，还是音容笑貌，样样都很有一番风姿，惹人喜爱。

西施平时只是略有淡妆，衣着朴素，但是走到哪里，哪里就有很多人向她行"注目礼"，没有人不惊叹她的美貌。西施身染宿疾，发病时心口疼痛。有一天，她的病又犯了，只见她手捂胸口，双眉皱起，流露出一种娇媚柔弱的女性美。当她从乡间走过的时候，乡里人无不睁大眼睛注视着他。

越国有一个丑女子，名叫东施，不仅相貌难看，而且没有修养。她平时动作粗俗，说话大声大气，却一天到晚做着当美女的梦。穿漂亮的衣服，梳时髦的发式，却仍然没有一个人说她漂亮。

这一天，她看到西施捂着胸口、皱着双眉的样子竟博得这么多人的青睐，因此回去以后，便也学着西施的样子，手捂胸口、紧皱眉头，在村里走来走去。

哪知这种矫揉造作使她原本就丑陋的样子更难看了。其结果，乡间的富人看见丑女的怪模样，马上把门紧紧关上；乡间的穷人看见丑女走过来，马上拉着妻、带着孩子远远地躲开。人们见了这个怪模怪样模仿西施心口疼在村里走来走去的丑女人简直像见了瘟神一般。

这个丑女人只知道西施皱眉的样子很美，却不知道她为什么很美，而去简单模仿她的样子，结果反被人讥笑。看来，盲目模仿别人的做法是愚蠢的。